Johann Wolfgang von Goethe

Egmont : Trauerspiel in fünf Aufzügen von Goethe

Auflage 2

Johann Wolfgang von Goethe

Egmont : Trauerspiel in fünf Aufzügen von Goethe
Auflage 2

ISBN/EAN: 9783744707671

Hergestellt in Europa, USA, Kanada, Australien, Japan

Cover: Foto ©Andreas Hilbeck / pixelio.de

Weitere Bücher finden Sie auf **www.hansebooks.com**

Sammlung
deutscher Lust- und Schauspiele
zum Uebersetzen in das Englische bearbeitet.
№ 15.

Egmont.

Trauerspiel in fünf Aufzügen von Goethe.

Zum

Uebersetzen aus dem Deutschen in das Englische

bearbeitet

von

Charles Dickens jun.

Zweite Auflage.

Dresden.
Louis Ehlermann.
1875.

Personen.[1]

Margarete von[2] Parma, Tochter Karl's des Fünften, Regentin der Niederlande.

Graf Egmont, Prinz von Gaure.

Wilhelm von Oranien.

Herzog von Alba.

Ferdinand, sein natürlicher Sohn.

Macchiavell, im Dienste der Regentin.

Richard, Egmont's Geheimschreiber.

Silva,
Gomez, } unter Alba dienend.

Clärchen, Egmont's Geliebte.

Ihre Mutter.

Brackenburg, ein Bürgerssohn.

Soest, Krämer,
Jetter, Schneider,
Zimmermann, } Bürger von Brüssel.
Seifensieder,

Buyck, Soldat unter Egmont.

Ruysum, Invalide und taub.

Vansen, ein Schreiber.

Volk, Gefolge, Wachen u. s. w.[3]

Der Schauplatz ist in Brüssel.

---

1. Dramatis Personae. 2. of. 3. et cetera.

Erster Aufzug.

***

Armbruſtſchießen.

Soldaten und **Bürger**, mit Armbrüſten. **Jetter**, Bürger von Brüſſel, Schneider, tritt vor[1], und ſpannt die Armbruſt. **Soeſt**, Bürger von Brüſſel, Krämer.

Soeſt. Nun ſchießt nur hin[2], daß es alle wird[3]! Ihr nehmt mir's doch nicht! Drei Ringe ſchwarz, die habt ihr euer Tage[4] nicht geſchoſſen. Und ſo wär' ich[5] für dies Jahr Meiſter.

Jetter. Meiſter und König dazu. Wer mißgönnt's euch? Ihr ſollt[6] dafür auch die Zeche doppelt bezahlen, wie's recht iſt.

Buyck (ein Holländer, Soldat unter Egmont). Jetter, den Schuß handl' ich euch ab[7], theile den Gewinnſt, tractire die Herren: ich bin ſchon ſo lange hier und für viele Höflichkeit Schuldner. Fehl' ich[8], ſo iſts, als wenn[9] ihr geſchoſſen hättet.

Soeſt. Ich ſollte drein reden[10]; denn eigentlich ich verlier' dabei. Doch, Buyck, nur immerhin[11].

Buyck (ſchießt). Nun, Pritſchmeiſter, Reverenz[12]! — Eins! Zwei! Drei! Vier!

Soeſt. Vier Ringe! Es ſei[13]!

Alle. Vivat, Herr König, hoch[14]! und abermal hoch!

Buyck. Danke, ihr Herren[15]. Wäre[16] Meiſter zu viel! Danke für die Ehre.

Jetter. Die habt ihr euch ſelbſt zu danken.

Ruyſum (ein Friesländer, Invalide und taub). Daß ich euch ſage[17]!

Soeſt. Wie iſts[18], Alter?

Ruyſum. Daß ich euch ſage! — Er ſchießt wie ſein Herr, er ſchießt wie Egmont.

Buyck. Gegen ihn[19] bin ich nur ein armer Schlucker. Mit der Büchſe trifft er erſt, wie keiner in der Welt. Nicht etwa wenn[20] er Glück oder gute Laune hat; nein! wie er anlegt, immer rein ſchwarz geſchoſſen[21]. Gelernt habe ich von ihm. Das wäre auch[22] ein Kerl, der bei[23] ihm diente und

---

1. steps forwards. 2. now shoot away. 3. that it may be ended; (and make an end of it). 4. all your life. 5. am I. 6. you will have to. 7. I will buy the shot of you. 8. if I miss. 9. it shall be as if. 10. I ought to oppose it. 11. fire away. 12. look out! 13. so be it. 14. long live the king! hurrah! 15. thanks, sirs. 16. would be. 17. let me tell you. 18. what is it? 19. compared with him. 20. but not when. 21 he always hits the bull's eye. 22. he would be. 23. under.

nichts von ihm lernte. — Nicht zu vergessen, meine Herren[1]! Ein König nährt seine Leute; und so, auf[2] des Königs Rechnung, Wein her!

Jetter. Es ist unter uns ausgemacht, daß jeder —

Buyck. Ich bin fremd und König, und achte eure Gesetze und Herkommen nicht.

Jetter. Du bist ja ärger[3] als der Spanier; der hat sie uns doch bisher lassen müssen[4].

Ruysum. Was?

Soest (laut). Er will uns gastiren[5]; er will nicht haben, daß[6] wir zusammenlegen, und der König nur das Doppelte zahlt.

Ruysum. Laßt ihn! doch ohne Präjudiz! Das ist auch seines Herrn Art, splendid zu sein, und es laufen zu lassen, wo es gedeiht[7]. (Sie bringen Wein).

Alle. Ihro Majestät Wohl[8]! Hoch!

Jetter (zu Buyck). Versteht sich[9], Eure Majestät.

Buyck. Danke von Herzen, wenn's doch so sein soll[10].

Soest. Wohl! Denn[11] unserer Spanischen Majestät Gesundheit trinkt nicht leicht ein Niederländer von Herzen[12].

Ruysum. Wer?

Soest (laut.)[13] Philipp's des Zweiten, Königs in[14] Spanien.

Ruysum. Unser allergnädigster König und Herr! Gott geb' ihm langes Leben!

Soest. Hattet ihr seinen Herrn Vater, Karl den Fünften, nicht lieber[15]?

Ruysum. Gott tröst[16] ihn! Das war ein Herr! Er hatte die Hand über den ganzen Erdboden, und war euch alles in allem; und wenn er euch begegnete, so grüßt' er euch, wie ein Nachbar den andern; und wenn ihr erschrocken wart, mußt' er mit so guter Manier — Ja, versteht mich — Er ging aus, ritt aus, wie's ihm einkam[17], gar mit wenig Leuten. Haben wir doch alle geweint, wie er seinem Sohn das Regiment hier abtrat — sagt' ich, versteht mich — der ist schon anders, der ist majestätischer.

Jetter. Er ließ sich nicht sehen[18], da er hier war, als in[19] Prunk und königlichem Staate. Er spricht wenig, sagen die Leute[20].

Soest. Es ist kein Herr für uns Niederländer. Unsre Fürsten müssen froh und frei sein, wie wir, leben und leben lassen[21]. Wir wollen nicht verachtet noch gedrückt sein, so gutherzige Narren wir auch sind.[22]

Jetter. Der König, denk' ich, wäre wohl[23] ein gnädiger Herr, wenn er nur bessere Rathgeber hätte.

---

1. let us not forget sirs. 2. at. 3. why, you are worse. 4. who has not yet meddled with them. 5. he wants to treat us. 6. not have us. 7. and to pour it out, where it is wanted. 8. your majesty's health. 9. of course. 10. if it must be so. 11. for a. 12. does not drink so heattily. 13. aloud. 14. King of. 15. dit not you like his father more. 16. bless. 17. as it occurred to him; as he liked. 18. he never let himself be seen. 19. except in. 20. people say; they say. 21. live and let live. 22. though we are such good-natured fools; good-natured fools as we are. 23. would be.

So est. Nein, nein! Er hat kein Gemüth gegen[1] uns Niederländer, sein Herz ist dem Volke nicht geneigt, er liebt uns nicht; wie können wir ihn wieder lieben? Warum ist alle Welt dem Grafen Egmont so hold[2]? Warum trügen wir ihn alle auf den Händen[3]? Weil man ihm ansieht[4], daß er uns wohl will[5], weil ihm die Fröhlichkeit, das freie Leben, die gute Meinung aus den Augen sieht[6]; weil er nichts besitzt, das er dem Dürftigen nicht mittheilte, auch dem, der's nicht bedarf. Laßt den Grafen Egmont leben[7]! Buyck, an euch ist's die erste Gesundheit zu bringen[8]! Bringt eures Herrn Gesundheit aus.

Buyck. Von ganzer Seele[9] denn: Graf Egmont hoch[10]!

Ruysum. Ueberwinder bei St. Quintin.

Buyck. Dem Helden von Gravelingen!

Alle. Hoch[11]!

Ruysum. St. Quintin war meine letzte Schlacht. Ich konnte kaum mehr fort, kaum die schwere Büchse mehr schleppen. Hab' ich doch den Franzosen noch eins auf den Pelz gebrannt[12], und da kriegt' ich zum Abschied noch einen Streifschuß ans rechte Bein.

Buyck. Gravelingen! Freunde! da ging's frisch[13]! Den Sieg haben wir allein[14]. Brannten und sengten die wälschen Hunde nicht durch ganz Flandern? Aber ich mein'[15], wir trafen sie! Ihre alten, handfesten Kerle hielten lange wider, und wir drängten und schossen und hieben, daß sie die Mäuler verzerrten[16] und ihre Linien zuckten[17]. Da ward Egmont das Pferd unter dem Leibe niedergeschossen, und wir stritten lange hinüber, herüber[18], Mann für Mann, Pferd gegen Pferd, Haufe mit Haufe, auf dem breiten flachen Sand an der See hin. Auf einmal[19] kam's, wie vom Himmel herunter, von der Mündung des Flusses, bav, bav[20]! immer mit Kanonen in die Franzosen drein. Es waren Engländer, die unter dem Admiral Malin von ungefähr von Dünkirchen her vorbeifuhren. Zwar viel halfen sie uns nicht[21], sie konnten nur mit den kleinsten Schiffen bei[22], und das nicht nah genug; schossen auch wohl[23] unter uns. — Es that doch gut! Es brach die Wälschen[24] und hob unsern Muth. Da ging's! Rick! rack[25]! herüber, hinüber! Alles todt geschlagen[26], alles ins Wasser gesprengt, und die Kerle ersoffen, wie sie das Wasser schmeckten; und was wir Holländer waren, gerad'

1. for. 2. why is Egmont so beloved by all the world? 3. why do we treat him with such affection? 4. because one sees it in him. 5. wishes us well. 6. is in his face. 7. long live. 8. it is your turn to give. 9. with all my heart (eig. from all my soul). 10. long live. 11. hurrah! 12. I gave the French one more shot though. 13. that was sharp work. 14. was all our own. 15. but I rather think. 16. pulled wry faces. 17. gave way. 18. hither and thither. 19. all at once. 20. bang! bang! 21. to be sure they did not help us much. 22. they could only approach with. 23. perhaps. 24. the French lines. 25. helter! skelter! — 26. we killed them, etc.

hintendrein[1]. Uns, die wir beiblebig sind[2], ward erst wohl im Wasser wie den Fröschen; und immer die Feinde im Fluß zusammengehauen, weggeschossen wie die Enten. Was nun noch[3] durchbrach, schlugen euch auf der Flucht die[4] Bauerweiber mit Hacken und Mistgabeln tobt. Mußte doch die wälsche Majestät[5] gleich das Pfötchen reichen und Friede machen. Und den Frieden seid ihr uns schuldig[6], dem großen Egmont schuldig.

A l l e. Hoch! dem großen Egmont hoch! und abermal hoch! und abermal hoch!

J e t t e r. Hätte man uns den statt der Margarete von Parma zum Regenten gesetzt[7]!

S o e s t. Nicht so! wahr bleibt wahr[8]! Ich lasse mir Margareten nicht schelten[9]. Nun ist's an mir[10]. Es lebe unsre gnäd'ge Frau!

A l l e. Sie lebe[11]!

S o e s t. Wahrlich, treffliche Weiber sind in dem Hause[12]. Die Regentin lebe!

J e t t e r. Klug ist sie, und mäßig in allem, was sie thut; hielte sie's nur nicht so steif und fest mit den Pfaffen[13]. Sie ist doch auch mit schuld[14], daß wir die vierzehn neuen Bischofsmützen im Lande haben. Wozu die nur sollen[15]? Nicht wahr[16], daß man Fremde in die guten Stellen einschieben kann, wo sonst Aebte aus den Kapiteln gewählt wurden? Und wir sollen[17] glauben, es sei um der Religion willen[18]. Ja es hat sich[19]. An[20] drei Bischöfen hatten wir genug: da ging's ehrlich und ordentlich zu. Nun muß doch auch jeder thun als ob er nöthig wäre, und da setzt's[21] allen Augenblick Verdruß und Händel. Und je mehr ihr das Ding rüttelt und schüttelt, desto trüber wirds. (Sie trinken.)

S o e s t. Das war nun des Königs Wille: sie kann nichts davon, noch dazu thun[22].

J e t t e r. Da sollen wir nun die neuen Psalmen nicht singen; sie sind wahrlich gar schön in Reimen gesetzt, und haben recht erbauliche Weisen. Die sollen wir nicht singen; aber Schelmenlieder, so viel wir wollen[23]. Und warum? Es seien Ketzereien drin, sagen sie, und Sachen, Gott weiß. Ich hab' ihrer doch auch gesungen; es ist jetzt was Neues, ich hab' nichts drin gesehen[24].

---

1. we Hollanders rushed in after them. 2. being amphibious we. 3. those who. 4. were struck down in the flight by. 5. his Gallic majesty was obliged to. 6. you owe us. 7. if they had only made him Regent. 8. truth is truth. 9. I'll not have Margarete abused. 10. now it is my turn. 11. long life to her. 12. that family. 13. if she were only less intimate with; if she were not so hand-in-glove with (vulg.) 14. it is her fault as well. 15. what are they for? 16. why. 17. and we are to. 18. for the sake of religion. 19. no such thing. 20. in. 21. that causes. 22. they cannot alter it in any way. 23. as much as we like. 24. I have seen no harm in them.

Buyck. Ich wollte sie fragen[1]! In unsrer Provinz singen wir, was wir wollen. Das macht, daß[2] Graf Egmont unser Statthalter ist; der fragt nach so etwas nicht[3]. — In Gent, Ypern, durch ganz Flandern singt sie, wer Belieben hat. (Laut) Es ist ja wohl nichts unschuldiger, als ein geistlich Lied? Nicht wahr[4], Vater?

Ruysum. Ei wohl[5]! Es ist ja ein Gottesdienst, eine Erbauung.

Jetter. Sie sagen aber, es sei nicht auf die rechte Art, nicht auf ihre Art; und gefährlich ist's doch immer, da läßt man's lieber sein[6]. Die Inquisitionsdiener schleichen herum und passen auf; mancher ehrliche Mann ist schon unglücklich geworden. Der Gewissenszwang fehlte noch[7]! Da ich nicht thun darf, was ich möchte, können sie mich doch[8] denken und singen lassen, was ich will.

Soest. Die Inquisition kommt nicht auf[9]. Wir sind nicht gemacht, wie die Spanier, unser Gewissen tyrannisiren zu lassen. Und der Adel muß auch bei Zeiten suchen[10], ihr die·Flügel zu beschneiden[11].

Jetter. Es ist sehr fatal. Wenn's den lieben Leuten einfällt[12], in mein Haus zu stürmen, und ich sitz'[13] an meiner Arbeit, und summe[14] just einen französischen Psalm, und denke nichts dabei, weder Gutes noch Böses, ich summe ihn aber, weil er mir in der Kehle ist[15], gleich bin ich ein Ketzer und werde eingesteckt[16]. Oder ich gehe über[17] Land, und bleibe bei einem Haufen Volks stehen[18], das einem neuen Prediger zuhört[19], einem von denen, die aus Deutschland gekommen sind, auf der Stelle heiß' ich[20] ein Rebell, und komme[21] in Gefahr, meinen Kopf zu verlieren[22]. Habt ihr je einen predigen hören?

Soest. Wackre Leute. Neulich hört' ich einen auf dem Felde vor tausend und tausend Menschen sprechen. Das war ein ander Geköch, als wenn unsre auf der Kanzel herumtrommeln[23] und die Leute mit lateinischen Brocken erwürgen. Der sprach von der Leber weg[24], sagte, wie sie uns bisher hätten bei der Nase herumgeführt, uns in der Dummheit[25] erhalten, und wie wir mehr Erleuchtung haben könnten. Und das bewies er euch alles[26] aus der Bibel.

Jetter. Da mag doch auch was dran sein[27]. Ich sagt's immer selbst, und grübelte so über die Sache nach. Mir ist's lang im Kopf herumgegangen[28].

---

1. I. would ask them indeed! 2. that is because. 3. he does not ask after things of that sort. 4. is there. 5. to be sure. 6. it's better to leave it alone. 7. was all we wanted. 8. at least. 9. won't make any progress; won't get on. 10. try. 11. to clip its wings. 12. if it occurs to the good people; if they take it into their heads (vulg.). 13. *pres. part.* 14. *pres. part.* 15. because it's in my throat. 16. and am put in prison. 17. through. 18. and stop at. 19. listen to. 20. I am called. 21. and am. 22. *pres. part.* 23. from what our humdrum preachers give from the pulpit. 24. he spoke openly. 25. darkness. 26. and he proved it all. 27. be something in it. 28. it has been long running in.

Buyk. Es läuft ihnen auch alles Volk nach[1].

Soest. Das glaub' ich, wo man was Gutes hören kann und was Neues.

Jetter. Und was ist's denn nun? Man kann ja einen jeden[2] predigen lassen nach seiner Weise[3].

Buyk. Frisch, ihr Herren[4]! Ueber dem Schwätzen vergeßt ihr den Wein und Oranien..

Jetter. Den nicht zu vergessen[5]. Das ist ein rechter Wall[6]: wenn man nur an ihn denkt, meint man gleich, man könne sich hinter ihn verstecken, und der Teufel brächte einen nicht hervor[7]. Hoch! Wilhelm von Oranien, hoch!

Alle. Hoch! hoch!

Soest. Nun, Alter, bring' auch deine Gesundheit[8].

Ruysum. Alte Soldaten! Alle Soldaten! Es lebe der Krieg[9]!

Buyk. Bravo, Alter! Alle Soldaten! Es lebe der Krieg!

Jetter. Krieg! Krieg! Wißt ihr auch, was ihr ruft? Daß es euch leicht vom Munde geht[10], ist wohl natürlich; wie lumpig aber unser einem dabei zu Muthe ist[11], kann ich nicht sagen. Das ganze Jahr das Getrommel zu hören; und nichts zu hören, als wie da ein Haufen gezogen[12] kommt und dort ein andrer, wie sie über einen Hügel kamen und bei einer Mühle hielten, wie viel da geblieben sind, wie viel dort, und wie sie sich drängen[13], und einer gewinnt, der andere verliert, ohne daß man seine Tage[14] begreift, wer gewinnt oder verliert. Wie eine Stadt eingenommen wird, die Bürger er= mordet werden, und wie's den armen Weibern, den unschuldigen Kindern ergeht[15]. Das ist eine Noth und Angst, man denkt jeden Augenblick: „Da kommen sie! es geht uns auch so[16]".

Soest. Drum muß auch ein Bürger immer in Waffen geübt sein.

Jetter. Ja, es übt sich, wer[17] Frau und Kinder hat. Und doch hör' ich noch lieber von Soldaten, als ich sie sehe.

Buyk. Das sollt' ich übel nehmen.[18]

Jetter. Auf euch[19] ist's nicht gesagt, Landsmann. Wie wir die spanischen Besatzungen los waren[20], holten wir wieder Athem.

Soest. Gelt! die lagen dir am schwersten auf[21]?

Jetter. Vexir' Er sich[22].

Soest. Die hatten scharfe Einquartirung bei dir.

Jetter. Halt dein Maul.

---

1. all the people run after them. 2. every one. 3. in his own way. 4. come sirs. 5. we must not forget him. 6. real wall of de- fence. 7. could not get at one. 8. let us have your toast. 9. war for ever! 10. you say that easily. 11. but what wretched work it is for us. 12. marching. 13. pressed forward. 14. all his days; all his life. 15. and what happens to. 16. it will be the same with us. 17. yes, practising for him who. 18. I ought to take offence at that. 19. against you. 20. when we got rid of. 21. they oppressed you most. 22. mind your own business.

Soest. Sie hatten ihn vertrieben[1] aus der Küche, dem Keller, der
Stube — dem Bette. (Sie lachen.)

Jetter. Du bist ein Tropf.

Buyck. Friede, ihr Herren! Muß der Soldat Friede rufen? — Nun
da ihr von uns nichts hören wollt, nun bringt auch eure Gesundheit aus,
eine bürgerliche Gesundheit.

Jetter. Dazu sind wir bereit[2]! Sicherheit und Ruhe!

Soest. Ordnung und Freiheit!

Buyck. Brav! das sind auch wir zufrieden[3].

(Sie stoßen an und wiederholen fröhlich die Worte, doch so, daß jeder ein
anderes ausruft[4], und es eine Art Canon wird. Der Alte horcht und fällt
endlich auch mit ein[5].)

Alle. Sicherheit und Ruhe! Ordnung und Freiheit!

———

Palast der Regentin.

Margarete von Parma in Jagdkleidern. **Hofleute. Pagen. Bediente.**

Regentin. Ihr stellt das Jagen ab[6]; ich werde heut nicht reiten.
Sagt Macchiavellen, er soll zu mir kommen. (Alle gehen ab). Der Ge=
danke an diese schrecklichen Begebenheiten läßt[7] mir keine Ruhe! Nichts
kann mich ergötzen, nichts mich zerstreuen; immer sind diese Bilder[8],
diese Sorgen vor mir. Nun wird der König sagen, dies sei'n die Folgen
meiner Güte, meiner Nachsicht; und doch sagt mir mein Gewissen jeden Augen=
blick, das Räthlichste, das Beste gethan zu haben[9]. Sollte ich früher[10] mit
dem Sturme des Grimmes diese Flammen anfachen und umhertreiben[11]?
Ich hoffte sie zu umstellen, sie in sich selbst zu verschütten[12]. Ja, was ich
mir selbst sage, was ich wohl weiß, entschuldigt mich vor mir selbst; aber wie
wird es mein Bruder aufnehmen? Denn ist es zu leugnen? Der Uebermuth[13]
der fremden Lehrer hat sich täglich erhöht; sie haben unser Heiligthum ge=
lästert[14], die stumpfen Sinne des Pöbels zerrüttet und den Schwindelgeist
unter sie gebannt[15]. Unreine Geister haben sich unter die Aufrührer gemischt,
und schreckliche Thaten sind geschehen, die[16] zu denken schauderhaft ist, und
die ich nun einzeln nach Hofe zu berichten habe[17], schnell und einzeln[18],
damit mir der allgemeine Ruf nicht zuvorkomme[19], damit der König nicht
denke, man wolle noch mehr verheimlichen. Ich sehe kein Mittel, weder
strenges, noch gelindes, dem Uebel zu steuern[20]. O was sind wir Großen[21]

———

1. they drove him. 2. we're all ready for that. 3. that will content us. 4. each utters a different sound. 5. and joins in at last. 6.
put off the hunt. 7. leaves. 8. images. 9. that I have done. 10. ought
I sooner to have. 11. spread abroad. 12. to let them smoulder in their
own ashes. 13. the insolence. 14. to desecrate. 15. conjured among
them. 16. of which. 17. to send a circumstantial report. 18. minute.
19. anticipate. 20. to stem. 21. great ones.

auf der Woge der Menschheit[1]? Wir glauben sie zu beherrschen, und sie treibt uns auf und nieder, hin und her[2]. (Macchiavel tritt auf[3].)

Regentin. Sind die Briefe an den König aufgesetzt?

Macchiavell. In einer Stunde werdet ihr sie unterschreiben können.

Regentin. Habt ihr den Bericht ausführlich genug gemacht?

Macchiavell. Ausführlich und umständlich, wie es der König liebt. Ich erzähle, wie zuerst zu St. Omer die bilderstürmerische Wuth sich zeigt. Wie eine rasende Menge mit Säbeln, Beilen, Hämmern, Leitern, Stricken versehen, von wenig Bewaffneten[4] begleitet, erst Kapellen, Kirchen und Klöster anfallen[5], die Andächtigen verjagen, die verschlossenen Pforten aufbrechen, alles umkehren, die Altäre niederreißen, die Statuen der Heiligen zerschlagen, alle Gemälde verderben, alles, was sie nur Geweihtes, Geheiligtes[6] antreffen, zerschmettern, zerreißen, zertreten. Wie sich der Haufe unterwegs vermehrt, die Einwohner von Ypern ihnen die Thore eröffnen. Wie sie den Dom mit unglaublicher Schnelle verwüsten, die Bibliothek des Bischofs verbrennen. Wie eine große Menge Volks, von gleichem Unsinn ergriffen, sich über Menin, Comines, Verwich, Lille verbreitet, nirgend Widerstand findet, und wie fast durch ganz Flandern in Einem Augenblick die ungeheure Verschwörung sich erklärt[7] und ausgeführt ist.

Regentin. Ach, wie ergreift mich aufs neue der Schmerz bei[8] deiner Wiederholung! Und die Furcht gesellt sich dazu, das Uebel werde nur größer werden. Sagt mir eure Gedanken, Macchiavell!

Macchiavell. Verzeihen Eure Hoheit, meine Gedanken sehen Grillen so ähnlich[9]; und wenn Ihr auch immer mit meinen Diensten zufrieden war't, habt Ihr doch[10] selten meinem Rath folgen mögen. Ihr sagtet oft im Scherze: „Du siehst zu weit, Macchiavell! Du solltest Geschichtschreiber sein: wer handelt, muß fürs Nächste[11] sorgen." Und doch habe ich diese Geschichte nicht voraus erzählt? Hab' ich nicht alles voraus gesehen?

Regentin. Ich sehe auch viel voraus, ohne es ändern zu können.

Macchiavell. Ein Wort für tausend: Ihr unterdrückt die neue Lehre nicht[12]. Laßt sie gelten, sondert sie von den Rechtgläubigen, gebt ihnen Kirchen, faßt[13] sie in die bürgerliche Ordnung, schränkt sie ein; und so habt Ihr die Aufrührer auf einmal zur Ruhe gebracht. Jede anderen Mittel sind vergeblich, und Ihr verheert das Land.

Regentin. Hast du vergessen, mit welchem Abscheu mein Bruder selbst die Frage verwarf, ob man die neue Lehre dulden könne? Weißt du nicht, wie er mir in jedem Briefe die Erhaltung des wahren Glaubens aufs eifrigste[14] empfiehlt? daß er Ruhe und Einigkeit auf Kosten[15] der Religion

---

1. the storms of life. 2. to and fro, hither and thither. 3. enters. 4. a few armed men. 5. attack. 6. all consecrated and holy things. 7. declares itself; proclaims itself. 8. my heart is rent anew at. 9. will seem like idle fancies. 10. but. 11. requirements of the hour. 12. you will not be able to. 13. include. 14. most earnestly. 15. at the expense of.

nicht hergestellt wissen will[1]? Hält er nicht selbst in den Provinzen Spione, die wir nicht kennen, um zu erfahren[2], wer sich zu der neuen Meinung hin= über neigt? Hat er nicht zu unsrer Verwunderung uns diesen und jenen ge= nannt[3], der sich in unsrer Nähe heimlich der Ketzerei schuldig machte[4]? Be= fiehlt er nicht Strenge und Schärfe? Und ich soll Vorschläge thun[5], daß er nachsehe, daß er dulde? Würde ich nicht alles Vertrauen, allen Glauben bei ihm verlieren?

Macchiavell. Ich weiß wohl; der König befiehlt, er läßt euch seine Absichten wissen. Ihr sollt Ruhe und Friede wieder herstellen, durch ein Mittel, das die Gemüther noch mehr erbittert, das den Krieg unvermeidlich an allen Enden[6] anblasen wird. Bedenkt was Ihr thut. Die größten Kauf= leute sind angesteckt, der Adel, das Volk, die Soldaten. Was hilft es[7] auf seinen Gedanken beharren, wenn sich um uns alles ändert? Möchte doch ein[8] guter Geist Philippen eingeben, daß es einem Könige anständiger ist[9], Bürger zweierlei Glaubens zu regieren, als sie durch einander[10] aufzureiben.

Regentin. Solch ein Wort nie wieder! Ich weiß wohl, daß Politik[11] selten Treu' und Glauben halten kann, daß sie Offenheit, Gutherzigkeit, Nach= giebigkeit aus unsern Herzen ausschließt. In weltlichen Geschäften ist das leider nur zu wahr; sollen wir aber auch mit Gott spielen[12] wie unter ein= ander[13]? Sollen wir gleichgültig gegen unsre bewährte Lehre[14] sein, für die so viele ihr Leben aufgeopfert haben? Die sollten wir hingeben an herge= laufene[15], ungewisse, sich selbst widersprechende Neuerungen?

Macchiavell. Denkt nur deswegen nicht übler von mir[16].

Regentin. Ich kenne dich und deine Treue, und weiß, daß einer ein ehrlicher und verständiger Mann sein kann, wenn er gleich den nächsten, besten Weg zum Heil seiner Seele verfehlt hat[17]. Es sind noch andre, Mac= chiavell, Männer, die ich schätze und tadeln muß.

Macchiavell. Wen bezeichnet Ihr mir[18]?

Regentin. Ich kann es gestehen[19], daß mir Egmont heute einen recht innerlichen, tiefen Verdruß erregte.

Macchiavell. Durch welches Betragen?

Regentin. Durch sein gewöhnliches[20], durch Gleichgültigkeit und Leichtsinn. Ich erhielt die schreckliche Botschaft[21], eben als ich von vielen und ihm[22] begleitet, aus der Kirche ging. Ich hielt meinen Schmerz nicht an[23]; ich beklagte mich laut, und rief, indem ich mich zu ihm wendete: Seht, was

---

1. that he will not hear of peace and unity being restored, etc. 2. for the purpose of discovering. 3. named to us this or that per- son. 4. was guilty of. 5. recommend to him. 6. from one end of the country to the other. 7. of what use is it. 8. would that some. 9. that it better becomes a king. 10. through (by means of) one another. 11. state policy. 12. trifle. 13. among ourselves. 14. established faith. 15. far-fetched. 16. do not on that account have, a worse opinion of me. 17. even if he have missed. 18. to whom do you refer? 19. I must confess. 20. usual demeanour. 21. tidings. 22. by him and many others. 23. I did not restrain my grief.

in eurer Provinz entsteht[1]! Das duldet ihr, Graf, von dem der König sich alles versprach?

Macchiavell. Und was antwortete er?

Regentin. Als wenn es nichts, als wenn es eine Nebensache wäre, versetzte er: Wären nur erst die Niederländer über ihre Verfassung beruhigt! Das übrige würde sich leicht geben[2].

Macchiavell. Vielleicht hat er wahrer, als[3] klug und fromm gesprochen. Wie soll Zutrauen entstehen und bleiben, wenn der Niederländer sieht, daß es mehr um seine Besitzthümer, als um sein Wohl, um seiner Seele Heil zu thun ist[4]? Haben die neuen Bischöfe mehr Seelen gerettet, als fette Pfründen geschmauf't, und sind es nicht meist[5] Fremde? Noch werden alle Statthalterschaften mit Niederländern besetzt; lassen sich es die Spanier nicht zu deutlich merken, daß sie die größte, unwiderstehlichste Begierde nach diesen Stellen empfinden? Will ein Volk nicht lieber nach seiner Art von den Seinigen[6] regieret werden, als von Fremden, die erst im Lande[7] sich wieder Besitzthümer auf Unkosten aller zu erwerben suchen, die einen fremden Maßstab mitbringen, und unfreundlich und ohne Theilnehmung herrschen?

Regentin. Du stellst dich auf die Seite der Gegner.

Macchiavell. Mit dem Herzen gewiß nicht; und wollte[8], ich könnte mit dem Verstande ganz auf der unserigen sein.

Regentin. Wenn du so willst[9], so thät es noth[10], ich trete ihnen meine Regentschaft ab; denn Egmont und Oranien machten sich große Hoffnung[11] diesen Platz einzunehmen. Damals waren sie Gegner; jetzt sind sie gegen mich verbunden, sind Freunde, unzertrennliche Freunde geworden.

Macchiavell. Ein gefährliches Paar.

Regentin. Soll ich aufrichtig reden; ich fürchte Oranien und ich fürchte für Egmont. Oranien sinnt nichts Gutes, seine Gedanken reichen in die Ferne[12]; er ist heimlich, scheint alles anzunehmen, widerspricht nie, und in tiefster[13] Ehrfurcht, mit größter Vorsicht thut er was ihm beliebt[14].

Macchiavell. Recht im Gegentheil geht Egmont einen freien Schritt, als wenn die Welt ihm gehörte.

Regentin. Er trägt das Haupt so hoch, als wenn die Hand der Majestät nicht über ihm schwebte[15].

Macchiavell. Die Augen des Volkes sind alle nach ihm gerichtet, und die Herzen hängen an ihm.

Regentin. Nie hat er einen Schein vermieden[16]; als wenn Nie=

---

1. happens. 2. the rest would be easy. 3. than was. 4. that rather his possessions are in question, are aimed at. 5. for the most part; mostly. 6. by its own countrymen. 7. who, as soon as they are in the country. 8. and would that. 9. if you think thus. 10. it were necessary. 11. have great hopes of, mit *part. praes.* 12. are far-reaching. 13. and, keeping up the greatest. 14. what pleases him; as he likes. 15. was not suspended over him. 16. to avoid giving an offensive appearance (einen bösen Schein).

mand Rechenschaft von ihm zu fordern hätte[1]. Noch trägt er den Namen
Egmont. Graf Egmont freut ihn sich nennen zu hören[2], als wollte er
nicht vergessen, daß seine Vorfahren Besitzer von Geldern waren. Warum
nennt er sich nicht Prinz von Gaure, wie es ihm zukommt[3]? Warum thut
er das? Will er erloschene Rechte wieder geltend machen?

Macchiavell. Ich halte ihn für[4] einen treuen Diener des Königs.

Regentin. Wenn er wollte, wie verdient[5] könnte er sich um die Re=
gierung machen[6], anstatt daß er uns schon, ohne sich zu nutzen, unsäglichen
Verdruß gemacht hat[7]. Seine Gesellschaften, Gastmahle und Gelage haben
den Adel mehr verbunden und verknüpft, als die gefährlichsten heimlichen
Zusammenkünfte. Mit seinen Gesundheiten haben die Gäste einen dauernden
Rausch, einen nie sich verziehenden Schwindel geschöpft[8]. Wie oft setzt er
durch seine Scherzreden die Gemüther des Volkes in Bewegung, und wie
stutzte der Pöbel über[9] die neuen Livreen, über die thörichten Abzeichen der
Bedienten!

Macchiavell. Ich bin überzeugt, es war ohne Absicht.

Regentin. Schlimm genug. Wie ich sage, er schadet uns, und nützt
sich nicht. Er nimmt das Ernstliche scherzhaft und wir, um nicht müßig und
nachlässig zu scheinen, müssen das Scherzhafte ernstlich nehmen. So hetzt
eins das andere; und was man abzuwenden sucht, das macht sich erst recht[10].
Er ist gefährlicher als ein entschiedenes[11] Haupt einer Verschwörung; und
ich müßte mich sehr irren[12], wenn man ihm bei Hofe nicht alles gedenkt. Ich
kann nicht läugnen, es geht wenig Zeit, daß er mich nicht empfindlich, sehr
empfindlich macht.

Macchiavell. Er scheint mir in allem nach seinem Gewissen
zu handeln.

Regentin. Sein Gewissen hat einen gefälligen[13] Spiegel. Sein
Betragen ist oft beleidigend. Er sieht oft aus[14], als wenn er in der völligen
Ueberzeugung lebe, er sei Herr und wolle es uns nur aus Gefälligkeit nicht
fühlen lassen, wolle uns so gerade nicht zum Lande hinausjagen; es werde
sich schon geben[15].

Macchiavell. Ich bitte Euch, legt seine Offenheit, sein glückliches
Blut, das alles Wichtige leicht behandelt, nicht zu gefährlich aus. Ihr schadet
nur ihm und Euch.

Regentin. Ich lege nichts aus[16]. Ich spreche nur von den unver=
meidlichen Folgen, und ich kenne ihn. Sein niederländischer Adel und sein
golden Vließ vor der Brust stärken sein Vertrauen, seine Kühnheit. Beides

1. had a right to call him to account. 2. he rejoices to hear
himself called. 3. as befits him. 4. I consider him. 5. what important
service. 6. to render. 7. caused us unspeakable vexation. 8. have
drunk in a constant inebriety, a giddy frenzy. 9. the people were excited by. 10. that is really brought to pass. 11. acknowledged. 12.
and I mistake very much. 13. convenient. 14. he often seems. 15. it
would follow in due course. 16. interpret.

kann ihn vor einem schnellen, willkürlichen Unmuth des Königs schützen. Untersuch' es genau[1], an dem ganzen Unglück, das Flandern trifft, ist er doch nur allein Schuld[2]. Er hat zuerst den fremden Lehrern nachgesehen, hat's so genau nicht genommen[3], und vielleicht sich heimlich gefreut, daß wir etwas zu schaffen hatten. Laß mich nur[4]! Was ich auf dem Herzen habe, soll bei dieser Gelegenheit davon[5]. Und ich will die Pfeile nicht umsonst verschießen; ich weiß wo er empfindlich ist[6]. Er ist auch empfindlich.

Macchiavell. Habt Ihr den Rath zusammen berufen lassen? Kommt Oranien auch?

Regentin. Ich habe nach Antwerpen um ihn[7] geschickt. Ich will ihnen die Last der Verantwortung nahe genug zuwälzen; sie sollen sich mit mir dem Uebel ernstlich entgegensetzen oder sich auch als Rebellen erklären. Eile daß die Briefe fertig werden und bringe mir sie zur Unterschrift. Dann sende schnell den bewährten[8] Vasta nach Madrid; er ist unermüdet und treu; daß mein Bruder zuerst durch ihn die Nachricht erfahre, daß der Ruf ihn nicht übereile. Ich will ihn selbst noch sprechen, eh' er abgeht.

Macchiavell. Eure Befehle sollen schnell und genau befolgt werden.

Bürgerhaus.

Clare. Clarens Mutter. Brackenburg.

Clare. Wollt ihr mir nicht das Garn halten, Brackenburg?

Brackenburg. Ich bitt' euch, verschont mich, Clärchen.

Clare. Was habt ihr wieder[9]? Warum versagt ihr mir diesen kleinen Liebesdienst?

Brackenburg. Ihr bannt mich mit dem Zwirn so fest vor euch hin, ich kann euern Augen nicht ausweichen.

Clare. Grillen! kommt und haltet!

Mutter (im Sessel strickend). Singt doch eins[10]! Brackenburg secundirt so hübsch. Sonst war't ihr lustig, und ich hatte immer etwas zu lachen[11].

Brackenburg. Sonst.

Clare. Wir wollen singen.

Brackenburg. Was[12] ihr wollt.

Clare. Nur hübsch munter und frisch weg[13]! Es ist ein Soldatenliedchen, mein Leibstück. (Sie wickelt Garn und singt mit Brackenburg.)

Die Trommel gerühret!	Die Leute regieret.
Das Pfeifchen gespielt!	Wie klopft mir das Herze!
Mein Liebster gewaffnet	Wie wallt mir das Blut!
Dem Haufen befiehlt,	O hätt' ich ein Wämmslein,
Die Lanze hoch führet,	Und Hosen und Hut!

---

1. closely. 2. he is alone the cause of all the misfortune, etc. 3. has not been so strict. 4. let me alone. 5. be uttered. 6. vulnerable. 7. for him. 8. trusty. 9. what is the matter with you? 10. do sing. 11. and I always had something to laugh at. 12. as. 13. sing away.

Ich folgt' ihm[1] zum Thor 'naus
Mit muthigem Schritt,
Ging' durch die Provinzen,
Ging' überall mit.

Die Feinde schon weichen,
Wir schießen dadrein.
Welch Glück sonder Gleichen,
Ein Mannsbild zu sein!

(Brackenburg hat unter dem Singen[2] Clärchen oft angesehen; zuletzt bleibt ihm die Stimme stocken[3], die Thränen kommen ihm in die Augen, er läßt den Strang fallen und geht an's Fenster. Clärchen singt das Lied allein aus[4], die Mutter winkt ihr halb unwillig, sie steht auf, geht einige Schritte nach ihm hin, kehrt halb unschlüssig wieder um und setzt sich.)

Mutter. Was gibt's auf der Gasse[5], Brackenburg? Ich höre marschiren[6].

Brackenburg. Es ist die Leibwache der Regentin.

Clare. Um[7] diese Stunde? was soll das bedeuten[8]? (Sie steht auf und geht an das Fenster zu Brackenburg.) Das ist nicht die tägliche Wache, das sind[9] weit mehr! Fast alle ihre Haufen. O Brackenburg, geht! hört einmal[10], was es gibt? Es muß etwas Besonderes sein. Geht, guter Bracken= burg, thut mir den Gefallen.

Brackenburg. Ich gehe! Ich bin gleich wieder da. (Er reicht ihr abgehend die Hand; sie gibt ihm die ihrige.)

Mutter. Du schickst ihn schon wieder weg.

Clare. Ich bin neugierig, und auch, verdenkt mir's nicht, seine Gegen= wart thut mir weh[11]. Ich weiß immer nicht, wie ich mich gegen ihn betragen soll. Ich habe Unrecht gegen ihn[12] und mich nagt's am Herzen, daß er es so lebendig fühlt. — Kann ich's doch nicht ändern!

Mutter. Es ist ein so treuer Bursche.

Clare. Ich kann's auch nicht lassen[13], ich muß ihm freundlich be= gegnen. Meine Hand drückt sich oft unversehens zu, wenn die seine mich so leise, so liebevoll anfaßt. Ich mache mir[14] Vorwürfe, daß ich ihn betrüge, daß ich in seinem Herzen eine vergebliche Hoffnung nähre. Ich bin übel dran[15]. Weiß Gott[16], ich betrüg' ihn nicht. Ich will nicht, daß er hoffen soll[17], und ich kann ihn doch nicht verzweifeln lassen.

Mutter. Das ist nicht gut.

Clare. Ich hatte ihn gern[18], und will ihm auch noch wohl[19] in der Seele. Ich hätte ihn heirathen können[20], und glaube, ich war nie in ihn verliebt[21].

Mutter. Glücklich wärst du immer mit ihm gewesen.

Clare. Wäre[22] versorgt, und hätte ein ruhiges Leben.

Mutter. Und das ist alles durch deine Schuld verscherzt.

Clare. Ich bin in einer wunderlichen Lage. Wenn ich so nachdenke, wie es gegangen ist, weiß ich's wohl[23] und weiß es nicht. Und dann darf

---

1. I would follow him. 2. during the song. 3. his voice falters. 4. finishes the song alone. 5. what is there in the street; what is the matter. 6. I hear marching. 7. at. 8. what does that mean. 9. there are. 10. just go and hear. 11. pains me. 12. I wrong him. 13. help it. 14. myself. 15. I am badly situated. 16. God knows. 17. I do not want him to hope. 18. I liked him. 19. and like him still. 20. I could have married him. 21. in love with him. 22. I should have been. 23. indeed.

ich[1] Egmont nur wieder ansehen, wird mir alles sehr begreiflich. Ach, was ist's ein Mann! Alle Provinzen beten ihn an, und ich in seinem Arm sollte nicht das glücklichste Geschöpf von der Welt sein?

Mutter. Wie wird's in der Zukunft werden?

Clare. Ach, ich frage nur, ob er mich liebt; und ob er mich liebt, ist das eine Frage[2]?

Mutter. Man hat nichts als Herzensangst mit seinen Kindern. Wie das ausgehen[3] wird! Immer Sorge und Kummer! Es geht nicht gut aus[4]! Du hast dich unglücklich gemacht! mich unglücklich gemacht!

Clare (gelassen). Ihr ließet es doch im Anfange.

Mutter. Leider war ich zu gut[5], bin immer zu gut.

Clare. Wenn Egmont vorbeiritt und ich ans Fenster lief, schaltet ihr mich da? Tratet ihr nicht selbst ans Fenster? Wenn er herauf sah, lächelte, nickte, mich grüßte, war es euch zuwider[6]? Fandet ihr euch nicht selbst in eurer Tochter geehrt?

Mutter. Mache mir noch Vorwürfe.

Clare (gerührt). Wenn er nun öfter die Straße kam, und wir wohl fühlten, daß er um meinetwillen den Weg machte, bemerktet ihr's nicht selbst mit heimlicher Freude? Rieft ihr mich ab, wenn ich hinter den Scheiben stand und ihn erwartete?

Mutter. Dachte ich, daß es so weit kommen sollte[7]?

Clare (mit stockender Stimme und zurückgehaltenen Thränen). Und wie er uns abends, in den Mantel eingehüllt, bei der Lampe[8] überraschte, wer war geschäftig ihn zu empfangen, da ich auf meinem Stuhl wie[9] angekettet und staunend sitzen blieb?

Mutter. Und konnte ich fürchten, daß diese unglückliche Liebe das kluge Clärchen so bald hinreißen würde? Ich muß es nun tragen, daß meine Tochter —

Clare (mit ausbrechenden Thränen.) Mutter! Ihr wollt's nun! Ihr habt eure Freude, mich zu ängstigen.[10]

Mutter (weinend). Weine noch gar[11]! mache mich noch elender durch deine Betrübniß! Ist mir's nicht Kummer genug, daß meine einzige Tochter ein verworfenes Geschöpf ist[12]?

Clare (aufstehend und kalt[13]). Verworfen! Egmont's Geliebte verworfen? — Welche Fürstin neidete nicht das arme Clärchen um den Platz[14] an[15] seinem Herzen! O Mutter — meine Mutter, so redet ihr sonst nicht. Liebe Mutter, seid gut! Das Volk, was das denkt[16], die Nachbarinnen, was die murmeln — diese Stube, dieses kleine Haus ist ein Himmel, seit Egmont's Liebe drin wohnt.

---

1. and then I have only. 2. is there any doubt. 3. to end. 4. it cannot come to good. 5. indulgent. 6. was it unpleasant to you. 7. that it would go so far. 8. by lamplight. 9. as if. 10. you delight in frightening me. 11. Ay, weep away! 12. is a cast-a-way. 13. and speaking coldly. 14. would not envy the place. 15. in. 16. let the people think what they will.

Mutter. Man muß ihm hold sein[1]! das ist wahr. Er ist immer so freundlich, frei und offen.

Clare. Es ist keine falsche Ader an ihm[2]. Seht, Mutter, und er ist doch der große Egmont. Und wenn er zu mir kommt, wie er so lieb ist, so gut! wie er mir seinen Stand, seine Tapferkeit gerne verbärge[3]! wie er um mich[4] besorgt ist! so nur Mensch, nur Freund, nur Liebster.

Mutter. Kommt er wohl heute[5]?

Clare. Habt ihr mich nicht oft ans Fenster gehen sehen? Habt ihr nicht bemerkt, wie ich horche, wenn's an der Thür rauscht[6]? — Ob ich schon weiß, daß er vor Nacht nicht kommt, vermuth' ich ihn doch jeden Augenblick, von morgens an, wenn ich aufstehe. Wär' ich nur ein Bube und könnte immer mit gehen, zu Hofe und überall hin! Könnt' ihm die Fahne nachtragen in der Schlacht!

Mutter. Du warst immer so ein Springinsfeld; als ein kleines Kind schon, bald[7] toll, bald nachdenklich. Ziehst du dich nicht ein wenig besser an[8]?

Clare. Vielleicht, Mutter! wenn ich Langeweile habe[9]. — Gestern, denkt, gingen von seinen Leuten vorbei und sangen Lobliedchen auf ihn. Wenigstens war sein Name in den Liedern! Das übrige konnt' ich nicht versteh'n. Das Herz schlug mir bis an den Hals[10]! — Ich hätte sie gern zurückgerufen, wenn ich mich nicht geschämt hätte[11].

Mutter. Nimm dich in Acht[12]! Dein heftiges Wesen verdirbt noch alles; du verräthst dich offenbar vor den Leuten. Wie neulich bei dem Vetter, wie du den Holzschnitt und die Beschreibung fand'st und mit einem Schrei rief'st: Graf Egmont! — Ich ward feuerroth.

Clare. Hätt' ich nicht schreien sollen? Es war die Schlacht bei Gravelingen, und ich finde oben im Bilde den Buchstaben C. und suche unten in der Beschreibung C. Steht da[13]: „Graf Egmont, dem das Pferd unter dem Leibe todt geschossen wird." Mich überlief's[14] — und hernach mußt'[15] ich lachen über[16] den holzgeschnitzten Egmont, der so groß war als der Thurm von Gravelingen gleich dabei[17], und die englischen Schiffe an[18] der Seite. — Wenn ich mich manchmal erinnere, wie ich mir sonst eine Schlacht vorgestellt, und was ich mir als Mädchen für ein Bild vom[19] Grafen Egmont machte, wenn sie von ihm erzählten, und von allen Grafen und Fürsten — und wie mir's jetzt ist! (Brackenburg kommt.)

Clare. Wie steht's[20].

Brackenburg. Man weiß nichts Gewisses. In Flandern soll neuer-

---

1. one must love him. 2. false blood in him. 3. how he wishes to conceal. 4. about me; for me. 5. I suppose (wohl) he comes to day? 6. when there was a noise at the door. 7. now. 8. will you not dress yourself better. 9. when I find the time tedious. 10. my heart came into my mouth (eig. throat). 11. if I had not been ashamed. 12. take care. 13. there it stood. 14. I was overcome. 15. to be obliged. 16. at. 17. close by. 18. at. 19. and what an idea I had, as girl, of. 20. what is going on?

dings ein Tumult entstanden sein[1]; die Regentin soll besorgen, er möchte sich hierher verbreiten. Das Schloß ist stark besetzt[2], die Bürger sind zahlreich an den Thoren, das Volk summt[3] in den Gassen. — Ich will nur schnell zu meinem alten Vater. (Als wollt' er gehen.)

Clare. Sieht man[4] euch morgen? Ich will mich ein wenig anziehen. Der Vetter kommt, und ich sehe gar zu liederlich aus. Helft mir einen Augenblick, Mutter. — Nehmt das Buch mit, Brackenburg, und bringt mir wieder so eine Historie.

Mutter. Lebt wohl.

Brackenburg (seine Hand reichend). Eure Hand!

Clare (ihre Hand versagend). Wenn ihr wieder kommt. (Mutter und Tochter ab.)

Brackenburg (allein). Ich hatte mir vorgenommen[5], gerade wieder fort zu gehen, und da sie es dafür aufnimmt[6] und mich gehen läßt, möcht ich rasend werden. — Unglücklicher! und dich rührt deines Vaterlandes Geschick nicht? der wachsende Tumult nicht? — und gleich ist dir[7] Landsmann oder Spanier, und wer regiert, und wer Recht hat? — War ich doch ein and'rer Junge als Schulknabe! — Wenn da ein Exercitium aufgegeben war: „Brutus' Rede für die Freiheit, zur Uebung der Redekunst"; da war doch immer Fritz der Erste, und der Rector sagte: Wenn's nur ordentlicher wäre, nur nicht alles so übereinander gestolpert[8]. — Damals kocht' es und trieb[9]! — Jetzt schlepp'[10] ich mich an den Augen des Mädchens so hin[11]. Kann ich sie doch nicht lassen! Kann sie mich doch nicht lieben! — Ach — nein — Sie — Sie kann mich nicht ganz verworfen haben — — nicht ganz — und halb und nichts[12]! — Ich duld' es nicht länger! — — Sollte es wahr sein[13], was mir ein Freund neulich ins Ohr sagte? daß sie nachts[14] einen Mann heimlich zu sich einläßt, da sie mich züchtig immer vor Abend aus dem Hause treibt[15]. Nein, es ist nicht wahr, es ist eine Lüge, eine schändliche, verleumberische Lüge! Clärchen ist so[16] unschuldig, als ich unglücklich bin. — Sie hat mich verworfen, hat mich von ihrem Herzen gestoßen[17] — — und ich soll so fort leben? Ich duld', ich duld' es nicht. — — Schon wird mein Vaterland von innerm Zwiste heftiger bewegt, und ich sterbe unter[18] dem Getümmel nur ab! Ich duld' es nicht! — wenn die Trompete klingt, ein Schuß fällt, mir fährt's durch[19] Mark und Bein! Ach, es reizt mich nicht, es fordert mich nicht, auch mit einzugreifen[20], mit zu retten, zu wagen! — Elender, schimpflicher Zustand! Es ist besser, ich end' auf einmal[21]. Neulich stürzt' ich mich ins Wasser, ich sank — aber die geängstete Natur war stär-

---

1. they say (foll) a tumult has etc. 2. garrisoned. 3. are crowding.
4. shall we see. 5. I had determined. 6. and as she does not mind it.
7. is indifferent to you. 8. huddled. 9. my blood boiled for action.
10. to drag on 11. charmed by that girl's eyes. 12. and yet half is
nothing. 13. is it true. 14. by night. 15. to send. 16. as. 17. thrust.
18. I die abjectly amid. 19. it thrills through my. 20. to join the attack.
21. I end at once; I die at once.

ter; ich fühlte, daß ich schwimmen konnte, und rettete mich wider Willen[1]:
— — Konnt' ich der Zeiten vergessen, da sie mich liebte, mich zu lieben
schien! Warum hat mirs Mark und Bein durchdrungen, das Glück? Warum
haben mir diese Hoffnungen allen Genuß des Lebens aufgezehrt, indem[2] sie
mir ein Paradies von weitem[3] zeigten? — Und jener erste Kuß! Jener
einzige! — Hier, (die Hand auf den Tisch legend) hier waren wir allein —
sie war immer gut und freundlich gegen mich gewesen — da schien sie sich
zu erweichen — sie sah mich an[4] — alle Sinne gingen mir um[5], und ich
fühlte ihre Lippen auf den meinigen. — Und — und nun? — Stirb,
Armer[6]! Was zauderst du? (Er zieht ein Fläschchen aus der Tasche.) Ich
will dich nicht umsonst[7] aus meines Bruders Doctorkästchen gestohlen haben,
heilsames Gift! Du sollst mir dieses Bangen, diese Schwindel, diese Todes=
schweiße auf einmal verschlingen und lösen.

---

1. against my will. 2. while. 3. from afar. 4. she looked at me.
5. my brain reeled. 6. wretch. 7. to no purpose.

Zweiter Aufzug.

Platz in Brüssel.

Jetter und ein **Zimmermeister** treten zusammen.

Zimmermeister. Sagt ich's nicht voraus? Noch vor acht Tagen[1] auf der Zunft sagt' ich, es würde schwere Händel geben[2].

Jetter. Ist's denn wahr, daß sie die Kirchen in Flandern geplündert haben?

Zimmermeister. Ganz und gar[3] zu Grunde gerichtet[4] haben sie Kirchen und Kapellen. Nichts, als[5] die vier nackten Wände haben sie stehen lassen. Lauter Lumpengesindel! Und das macht unf're gute Sache schlimm. Wir hätten eher[6], in der Ordnung und standhaft, unf're Gerechtsame der Regentin vortragen und darauf halten sollen[7]. Reden wir jetzt, versammeln wir uns jetzt, so heißt es[8], wir gesellen uns zu den Aufwieglern.

Jetter. Ja, so denkt jeder zuerst: Was sollst du mit deiner Nase voran[9]? Hängt doch der Hals gar nah damit zusammen[10].

Zimmermeister. Mir ist's bange[11], wenn's einmal unter dem Pack zu lärmen anfängt, unter dem Volk, das nichts zu verlieren hat. Die brauchen das zum Vorwande, worauf wir uns auch berufen müssen[12], und bringen das Land in Unglück.

Soest (tritt dazu). Guten Tag, ihr Herren! Was giebt's neues[13]? Ist's wahr, daß die Bilderstürmer gerade hierher ihren Lauf nehmen[14]?

Zimmermeister. Hier sollen sie nichts anrühren.

Soest. Es trat ein Soldat bei mir ein[15], Tobak zu kaufen; den fragt' ich aus. Die Regentin, so eine wackre, kluge Frau sie bleibt[16], diesmal ist sie außer Fassung. Es muß sehr arg sein, daß sie sich so geradezu hinter ihre Wache versteckt. Die Burg ist scharf besetzt. Man meint sogar, sie wolle aus der Stadt flüchten.

Zimmermeister. Hinaus soll sie nicht! Ihre Gegenwart beschützt uns, und wir wollen ihr mehr Sicherheit verschaffen als ihre Stutzbärte[17]. Und wenn sie uns unsere Rechte und Freiheiten aufrecht erhält, so wollen wir sie auf den Händen tragen[18].

Seifensieder (tritt dazu). Garstige Händel! Ueble Händel! Es

---

1. a week ago. 2. there would be serious disturbances. 3. totally; entirely. 4. destroyed. 5. but; except. 6. we ought rather. 7. and have stood by them. 8. it will be said. 9. why should you thrust your nose into it? 10. the neck is closely connected with it. 11. I am sorry. 12. to which we must also appeal. 13. what news? 14. are taking their course. 15. into my shop. 16. the Regent, though so brave and prudent. 17. mustachioed gentry. 18. stand by her.

wird unruhig und geht schief aus[1]! — Hütet euch[2], daß ihr stille bleibt[3], daß man euch nicht auch für Aufwiegler hält[4].

Soest. Da kommen die sieben Weisen aus Griechenland.

Seifensieder. Ich weiß, da sind viele, die es heimlich mit den Calvinisten halten[5], die auf die Bischöfe lästern, die den König nicht scheuen[6]. Aber ein treuer Unterthan, ein aufrichtiger Katholike! (Es gesellt sich[7] nach und nach[8] allerlei Volk zu ihnen und horcht.)

Vansen (tritt dazu). Gott grüß euch[9], Herren! Was neues?

Zimmermeister. Gebt euch mit dem nicht ab[10], das ist ein schlechter Kerl.

Jetter. Ist es nicht der Schreiber beim[11] Doctor Wiets?

Zimmermeister. Er hat schon viele Herren gehabt. Erst war er Schreiber, und wie ihn ein Patron nach dem andern fortjagte, Schelmstreiche halber[12], pfuscht er jetzt[13] Notaren und Advocaten ins Handwerk, und ist ein Branntweinzapf. (Es kommt mehr Volk zusammen und steht truppweise[14].)

Vansen. Ihr seid auch versammelt, steckt die Köpfe zusammen. Es ist immer redenswerth.

Soest. Ich denk' auch.

Vansen. Wenn jetzt einer oder der andere Herz hätte, und einer oder der andere den Kopf dazu, wir könnten die spanischen Ketten[15] auf einmal[16] sprengen.

Soest. Herre! So müßt ihr nicht reden. Wir haben dem König geschworen.

Vansen. Und der König uns[17]. Merkt das.

Jetter. Das läßt sich hören[18]! Sagt eure Meinung.

Einige andere. Horch, der versteht's! Der hat Pfiffe[19].

Vansen. Ich hatte einen alten Patron, der besaß Pergamente und Briefe von uralten Stiftungen, Contracten und Gerechtigkeiten; er hielt auf[20] die rarsten Bücher. In einem stand[21] uns're ganze Verfassung: wie uns Niederländer zuerst einzelne Fürsten regierten, alles nach hergebrachten Rechten, Privilegien und Gewohnheiten; wie unsere Vorfahren alle Ehrfurcht für ihren Fürsten gehabt, wenn sie regiert wie er sollte; und wie sie sich gleich vorsahen, wenn er über die Schnur hauen wollte[22]. Die Staaten waren gleich hinterdrein[23]; denn jede Provinz, so klein sie war[24], hatte ihre Staaten, ihre Landstände.

---

1. and all is going wrong. 2. take care; beware. 3. that you keep quiet. 4. that they may not take you for rebels. 5. who adhere secretly to the Calvinists. 6. who do not care for the king. 7. join them. 8. by degrees. 9. save. 10. have nothing to do with him. 11. to. 12. on account of; for. 13. he now dabbles in the business of. 14. in groups. 15. fetters. 16. all at once. 17. to us. 18. that is good to hear. 19. he is clever. 20. he set great store by. 21. was. 22. would overstep the bounds. 23. were down upon him directly. 24. however small.

Zimmermeister. Haltet euer Maul! das weiß man lange! Ein jeder[1] rechtschaff'ne Bürger ist, so viel er braucht, von der Verfassung unterrichtet.

Jetter. Laßt ihn reden; man erfährt immer etwas mehr.

Soest. Er hat[2] ganz recht.

Mehrere. Erzählt[3]! erzählt! So was hört man nicht alle Tage[4].

Vansen. So seid ihr Bürgersleute[5]! Ihr lebt nur so in den Tag hin[6], und wie ihr euer Gewerb von euern Eltern überkommen habt, so laßt ihr auch das Regiment über euch schalten und walten[7], wie es kann und mag. Ihr fragt nicht nach[8] dem Herkommen, nach der Historie, nach dem Recht eines Regenten; und über das[9] Versäumniß haben euch die Spanier das Netz über die Ohren gezogen.

Soest. Wer denkt dadran? wenn einer nur das tägliche Brot hat.

Jetter. Verflucht! Warum tritt auch keiner in Zeiten auf[10], und sagt einem so etwas[11]?

Vansen. Ich sag es euch jetzt. Der König in Spanien, der die Provinzen durch gut Glück[12] zusammen besitzt, darf doch nicht drin schalten und walten anders als[13] die kleinen Fürsten, die sie ehemals[14] einzeln[15] besaßen. Begreift ihr das?

Jetter. Erklärt's uns.

Vansen. Es ist so[16] klar als die Sonne. Müßt ihr nicht nach euren Landrechten gerichtet werden? Woher käme das[17]?

Ein Bürger. Wahrlich!

Vansen. Hat der Brüsseler[18] nicht ein ander Recht als der Antwerper? der Antwerper als der Genter? Woher käme denn das?

Andere Bürger. Bei Gott!

Vansen. Aber wenn ihr's so fortlaufen laßt[19], wird man's euch bald anders weisen[20]. Pfui! Was Karl der Kühne, Friedrich der Krieger, Karl der Fünfte nicht konnten, das thut nun Philipp durch ein Weib.

Soest. Ja, ja! Die alten Fürsten haben's auch schon probirt.

Vansen. Freilich! — Unsere Vorfahren paßten auf[21]. Wie sie einem Herrn gram wurden[22], fingen sie ihm etwa[23] seinen Sohn und Erben weg, hielten ihn bei sich, und gaben ihn nur auf die besten Bedingungen heraus. Uns're Väter waren Leute[24]! Die wußten, was ihnen nütz war[25]! Die

---

1. every — 2. he is. 3. go on! 4. one does not hear such things every day. 5. that's just like you citizens; (eig. so are you). 6. you only live for the day. 7. to do and act without control. 8. about. 9. and for that. 10. why does no one come (step) forward in time. 11. something of the sort. 12. by good luck. 13. otherwise than. 14. formerly. 15. separate, single. 16. it is as. 17. whence comes that. 18. Brussels men. 19. but if you let it go on so. 20. they will soon teach you the contrary. 21. were on their guard, vulg. kept their eyes open. 22. when they were angry with. 23. took away. 24. men. 25. they knew what was good for them.

wußten etwas zu fassen und festzusetzen! Rechte[1] Männer! Dafür sind aber auch uns're Privilegien so deutlich, uns're Freiheiten so versichert.

Seifensieder. Was sprecht ihr von Freiheiten?

Das Volk. Von unsern Freiheiten, von unsern Privilegien! Erzählt noch was von[2] unsern Privilegien.

Vansen. Wir Brabanter besonders[3], obgleich alle Provinzen ihre Vortheile haben, wir sind am herrlichsten versehen[4]. Ich habe alles gelesen.

Soest. Sagt an.

Jetter. Laßt hören[5].

Ein Bürger. Ich bitt' euch.

Vansen. Erstlich[6] steht geschrieben[7]: Der Herzog von Brabant soll uns ein guter und getreuer Herr sein.

Soest. Gut! Steht das so?

Jetter. Getreu? Ist das wahr?

Vansen. Wie ich euch sage[8]. Er ist uns verpflichtet, wie wir ihm[9]. Zweitens: Er soll keine Macht oder eignen Willen an uns beweisen[10], merken lassen, oder gedenken zu gestatten[11], auf keinerlei Weise[12].

Jetter. Schön[13]! Schön! nicht beweisen.

Soest. Nicht merken lassen.

Ein anderer. Und nicht gedenken zu gestatten! Das ist der Hauptpunkt. Niemandem gestatten, auf keinerlei Weise.

Vansen. Mit[14] ausdrücklichen Worten.

Jetter. Schafft[15] uns das Buch.

Ein Bürger. Ja, wir müssen's haben.

Andere. Das Buch! das Buch!

Ein anderer. Wir wollen zu der Regentin gehen mit dem Buche.

Ein anderer. Ihr sollt das Wort führen, Herr Doctor[16].

Seifensieder. O die Tröpfe!

Andere. Noch etwas aus dem Buche!

Seifensieder. Ich schlage ihm die Zähne in den Hals[17], wenn er noch ein Wort sagt.

Das Volk. Wir wollen sehen, wer ihm etwas thut[18]. Sagt uns was von[19] den Privilegien! Haben wir noch mehr Privilegien?

Vansen. Mancherlei, und sehr gute, sehr heilsame. Da steht auch: Der Landsherr soll den geistlichen Stand[20] nicht verbessern oder mehren, ohne

---

1. proper. 2. tell us more about. 3. in particular. 4. are best provided for; are best off. 5. let us hear. 6. in the first place. 7. it is written. 8. it is as I tell you. 9. as we are to him. 10. he shall exert no arbitrary power against us, nor exhibit caprice. 11. or directly or indirectly, sanction them in others. 12. in no way. 13. bravo. 14. in. 15. get. 16. you shall be spokesman Doctor. 17. I will knock his teeth down his throat. 18. who will do him any harm. 19. tell us something about. 20. the clergy.

Verwilligung des Adels und der Stände: Merkt das[1]! Auch den Staat des Landes[2] nicht verändern.

Soest. Ist das so?

Vansen. Ich will's euch geschrieben zeigen[3], von zwei, drei hundert Jahren her[4].

Bürger. Und wir leiden die neuen Bischöfe? Der Adel muß uns schützen, wir fangen Händel an[5]!

Andere. Und wir lassen uns von der Inquisition ins Bockshorn jagen[6]?

Vansen. Das ist eure Schuld!

Das Volk. Wir haben noch Egmont! noch Oranien! Die sorgen für unser Bestes[7].

Vansen. Eure Brüder in Flandern haben das gute Werk angefangen.

Seifensieder. Du Hund! (Er schlägt ihn.)

Andere (widersetzen sich und rufen). Bist du auch ein Spanier?

Ein anderer. Was? den[8] Ehrenmann?

Ein anderer. Den Gelahrten? (Sie fallen den Seifensieder an[9].)

Zimmermeister. Ums Himmelswillen[10] ruht[11]! (Andere mischen sich in den Streit.) Bürger, was soll das[12]?

(Buben pfeifen, werfen mit Steinen[13], hetzen Hunde an, Bürger stehen und gaffen, Volk läuft zu, andere gehen gelassen auf und ab[14], andere treiben allerlei Schalkspossen, schreien und jubiliren.)

Andere. Freiheit und Privilegien! Privilegien und Freiheit!

Egmont (tritt auf mit Begleitung). Ruhig! Ruhig! Leute! Was giebts[15]? Bringt sie auseinander[16]!

Zimmermeister. Gnädiger Herr, ihr kommt wie ein Engel des Himmels. Stille! seht ihr nichts? Graf Egmont! Dem Grafen Egmont Reverenz[17]!

Egmont. Auch hier? Was fangt ihr an[18]? Bürger gegen Bürger! Hält sogar die Nähe uns'rer königlichen Regentin diesen Unsinn nicht zurück? Geht auseinander[19], geht an euer Gewerbe. Es ist ein übles Zeichen, wenn ihr an Werktagen feiert. Was war's? (Der Tumult stillt sich nach und nach und alle stehen um ihn herum.)

Zimmermeister. Sie schlagen sich um ihre Privilegien.

Egmont. Die sie noch muthwillig zertrümmern werden! — Und wer seid ihr? Ihr scheint mir rechtliche Leute.

Zimmermeister. Das ist unser Bestreben.

Egmont. Eures Zeichens[20]?

Zimmermeister. Zimmermann und Zunftmeister.

---

1. mark that; note that. 2. constitution of the country. 3. I will show it you in writing (in black and white). 4. ago. 5. or we will make a riot. 6. and we let the inquisition hunt us. 7. they watch over our good. 8. this. 9. they attack. 10. for heaven's sake. 11. peace. 12. what does this mean. 13. throw stones. 14. up and down. 15. what is the matter. 16. separate them. 17. greet count Egmont. 18. what are you doing. 19. separate; depart. 20. calling.

Egmont. Und ihr?

Soest. Krämer.

Egmont. Ihr?

Jetter. Schneider.

Egmont. Ich erinnere mich, ihr habt mit an den Livreen für meine Leute gearbeitet[1]. Euer Name ist Jetter.

Jetter. Gnade, daß ihr euch dessen erinnert[2].

Egmont. Ich vergesse niemanden leicht, den ich einmal gesehen und gesprochen habe. — Was an euch ist, Ruhe zu erhalten, Leute, das thut[3], ihr seid übel genug angeschrieben[4]. Reizt den König nicht mehr; er hat zuletzt[5] doch die Gewalt in Händen. Ein ordentlicher Bürger, der sich ehrlich und fleißig nährt, hat überall so viel Freiheit, als er braucht.

Zimmermeister. Ach wohl! das ist eben unf're Noth! Die Tag-diebe, die Söffer, die Faullenzer, mit Euer Gnaden Verlaub, die stänkern aus Langerweile[6], und scharren[7] aus Hunger nach Privilegien, und lügen den Neugierigen und Leichtgläubigen was vor[8], und um eine Kanne Bier bezahlt zu kriegen[9], fangen sie Händel an, die viel tausend Menschen unglücklich machen. Das ist ihnen eben recht[10]. Wir halten unf're Häuser und Kasten zu gut verwahrt, da möchten sie gern[11] uns mit Feuerbränden davon treiben.

Egmont. Allen Beistand sollt ihr finden; es sind Maßregeln genommen dem Uebel kräftig zu begegnen[12]. Steht fest gegen die fremde Lehre, und glaubt nicht, durch Aufruhr befestige man Privilegien. Bleibt zu Hause; leidet nicht, daß sie sich auf den Straßen rotten[13]. Vernünftige Leute können viel thun. (Indessen hat sich der größte Haufe verlaufen.)

Zimmermeister. Danken Euer Excellenz, danken für die gute Meinung! Alles was an uns liegt[14]. (Egmont ab.) Ein gnädiger Herr! der echte Niederländer! Gar so nichts[15] Spanisches.

Jetter. Hätten wir ihn nur zum[16] Regenten! Man folgt ihm gerne.

Soest. Das läßt der König wohl sein[17]. Den Platz besetzt er immer mit den Seinigen[18].

Jetter. Hast du das Kleid gesehen? Das war nach der neuesten Art, nach spanischem Schnitt.

Zimmermeister. Ein schöner Herr!

Jetter. Sein Hals wär' ein rechtes Fressen[19] für einen Scharfrichter.

---

1. you were employed on the liveries. 2. that your grace should remember it. 3. do what you can to preserve peace. 4. you are in bad enough repute. 5. he has after all. 6. who quarrel for want of something to do. 7. clamour. 8. they tell lies to. 9. and to get the price of. 10. that is just what they like. 11. they would like. 12. to meet the evil by force. 13. assemble. 14. we'll do all that lies in us. 15. not at all. 16. for. 17. the king won't hear of that. 18. his own people. 19. a nice titbit.

Soeft. Bift du toll? was kommt dir ein![1]

Jetter. Dumm genug, daß einem so etwas einfällt[2]. — Es ist mir nun so. Wenn ich einen schönen langen Hals sehe, muß ich gleich wider Willen[3] denken: der ist gut köpfen[4]. — Die verfluchten Executionen! man kriegt sie nicht aus dem Sinne. Wenn die Bursche schwimmen, und ich seh' einen nackten Buckel, gleich fallen sie mir zu Dutzenden ein[5], die ich habe mit Ruthen streichen sehen[6]. Begegnet mir ein rechter Wanst[7], mein' ich, den seh' ich schon am Pfahl braten. Des Nachts im Traum zwickt mich's an allen Gliedern[8]; man wird eben keine Stunde froh. Jede Lustbarkeit, jeden Spaß hab' ich bald[9] vergessen; die fürchterlichen Gestalten sind mir wie vor die Stirne gebrannt.

Egmont's Wohnung.

Secretär (an einem Tische mit Papieren, er steht unruhig[10] auf). Er kommt immer nicht! und ich warte schon[11] zwei Stunden, die Feder in der Hand, die Papiere vor mir; und eben heute möcht' ich gern so zeitig fort[12]. Es brennt mir unter den Sohlen[13]. Ich kann vor Ungeduld kaum bleiben. „Sei auf die Stunde da," befahl er mir noch, ehe er wegging; nun kommt er nicht. Es ist so viel zu thun, ich werde vor Mitternacht nicht fertig[14]. Freilich sieht er einem auch einmal durch die Finger. Doch hielt' ich's besser[15], wenn er strenge wäre, und ließe[16] einen auch wieder zur bestimmten Zeit. Man könnte sich einrichten[17]. Von der Regentin ist er nun schon zwei Stunden weg; wer weiß, wen er unterwegs[18] angefaßt hat.

Egmont (tritt auf). Wie sieht's aus[19]?

Secretär. Ich bin bereit, und drei Boten warten.

Egmont. Ich bin dir wohl[20] zu lang' geblieben; du machst ein verdrießlich Gesicht.

Secretär. Eurem Befehl zu gehorchen, wart' ich schon lange. Hier sind die Papiere!

Egmont. Donna Elvira wird böse auf mich werden[21], wenn sie hört, daß ich dich abgehalten[22] habe.

Secretär. Ihr scherzt.

Egmont. Nein, nein. Schäme dich nicht. Du zeigst einen guten Geschmack. Sie ist hübsch; und es ist mir ganz recht[23], daß du auf dem Schlosse eine Freundin hast. Was sagen die Briefe?

---

1. what are you thinking of. 2. to think of such things. 3. against my will. 4. he would be good to execute. 5. I think of dozens. 6. whom I have seen scourged. 7. fat fellow. 8. all my limbs quake. 9. almost. 10. impatiently. 11. and I have been waiting. 12. and just to day I should like to go away early. 13. I burn at my fingers ends (I am all impatience). 14. I shall not have finished before midnight. 15. I should like it better. 16. to dismiss. 17. one could make one's arrangements. 18. on the way. 19. how are matters looking. 20. I suppose I have. 21. will be angry with me. 22. detained. 23. and I am glad.

Secretär. Mancherlei, und wenig Erfreuliches.

Egmont. Da ist gut, daß wir die Freude zu Hause haben und sie nicht auswärts her zu erwarten brauchen. Ist viel gekommen?

Secretär. Genug, und drei Boten warten.

Egmont. Sag' an[1]! das Nöthigste!

Secretär. Es ist alles nöthig.

Egmont. Eins nach dem andern, nur geschwind.

Secretär. Hauptmann Breda schickt die Relation, was weiter in Gent und der umliegenden Gegend vorgefallen[2]. Der Tumult hat sich meistens gelegt[3].

Egmont. Er schreibt wohl noch von einzelnen Ungezogenheiten und Tollkühnheiten?

Secretär. Ja! Es kommt noch manches vor[4].

Egmont. Verschone mich damit.

Secretär. Noch sechs sind eingezogen worden, die bei[5] Verwich das Marienbild umgerissen haben. Er fragt an, ob er sie auch wie die andern soll hängen lassen[6].

Egmont. Ich bin des Hängens müde[7]. Man soll sie durchpeitschen[8], und sie mögen gehn.

Secretär. Es sind zwei Weiber dabei; soll er die auch durchpeitschen?

Egmont. Die mag er verwarnen und laufen lassen[9].

Secretär. Brink von Breda's Compagnie will heirathen[10]. Der Hauptmann hofft, ihr werdet's ihm abschlagen. Es sind so viele Weiber bei dem Haufen, schreibt er, daß, wenn wir ausziehen, es keinem Soldatenmarsch, sondern einem Zigeuner-Geschleppe ähnlich sehen wird.

Egmont. Dem mag's noch hingehen[11]! Es ist ein schöner junger Kerl; er bat mich noch gar dringend, eh' ich wegging. Aber nun soll's keinem mehr gestattet sein, so leid mir's thut[12], den armen Teufeln, die ohnedies geplagt genug sind, ihren besten Spaß zu versagen.

Secretär. Zwei von euren Leuten, Seter und Hart, haben einem Mädel, einer Wirthstochter, übel mitgespielt[13]. Sie kriegten sie allein, und die Dirne konnte sich ihrer nicht erwehren[14].

Egmont. Wenn es ein ehrliches Mädchen ist, und sie haben Gewalt gebraucht, so soll er sie drei Tage hintereinander mit Ruthen streichen lassen[15], und wenn sie etwas besitzen, so soll er so viel davon einziehen[16], daß dem Mädchen eine Ausstattung gereicht werden kann.

Secretär. Einer von den fremden Lehrern ist heimlich durch Comines

---

1. proceed. 2. what has taken place. 3. is for the most part allayed. 4. much occurs still. 5. at. 6. if he shall have them hanged like the others. 7. I am tired of hanging. 8. let them be well whipped. 9. let him warn them and let them go. 10. wants to marry. 11. it can be granted to him. 12. however sorry I am. 13. have ill-treated. 14. could not defend herself from them. 15. he shall have them flogged. 16. he shall take so much of it.

gegangen und entdeckt worden. Er schwört, er sei im Begriff nach Frankreich zu gehen[1]. Nach dem Befehl soll er[2] enthauptet werden.

Egmont. Sie sollen ihn in der Stille[3] an die Grenze bringen[4], und ihm versichern, daß er das zweitemal nicht so wegkommt[5].

Secretär. Ein Brief von eurem Einnehmer. Er schreibt, es komme wenig Geld ein[6], er könne auf die Woche die verlangte Summe schwerlich schicken; der Tumult habe in alles die größte Confusion gebracht.

Egmont. Das Geld muß herbei[7]! er mag sehen wie er es zusammenbringt.

Secretär. Er sagt, er werde sein Möglichstes thun[8], und wolle endlich den Raymond, der euch so lange schuldig ist, verklagen und in Verhaft nehmen lassen[9].

Egmont. Der hat ja versprochen zu bezahlen.

Secretär. Das letztemal setzte er sich selbst[10] vierzehn Tage.

Egmont. So gebe man ihm noch[11] vierzehn Tage; und dann mag er gegen ihn verfahren.

Secretär. Ihr thut wohl. Es ist nicht Unvermögen; es ist böser Wille. Er macht gewiß Ernst[12] wenn er sieht, ihr spaßt nicht. — Ferner sagt der Einnehmer: er wolle[13] den alten Soldaten, den Witwen und einigen andern, denen ihr Gnadengehalte gebt, die Gebühren einen halben Monat zurückhalten, man könne indessen Rath schaffen[14]; sie möchten[15] sich einrichten.

Egmont. Was ist da einzurichten? Die Leute brauchen das Geld nöthiger als ich. Das soll er bleiben lassen.

Secretär. Woher befehlt ihr denn, daß er das Geld nehmen soll?

Egmont. Darauf mag er denken[16]; es ist ihm im vorigen Briefe schon gesagt.

Secretär. Deswegen thut er die Vorschläge.

Egmont. Die taugen nicht[17], er soll auf was anders sinnen[18]. Er soll Vorschläge thun, die annehmlich sind, und vor allem[19] soll er das Geld schaffen.

Secretär. Ich habe den Brief des Grafen Oliva wieder hierher gelegt. Verzeiht, daß ich euch daran erinnere[20]. Der alte Herr verdient vor allen andern eine ausführliche Antwort. Ihr wolltet ihm selbst schreiben. Gewiß, er liebt euch wie ein Vater.

Egmont. Ich komme nicht dazu[21]. Und unter vielem Verhaßten[22] ist mir das Schreiben das Verhaßteste. Du machst meine Hand ja so gut nach[23],

---

1. that he was on the point of. 2. he ought to. 3. quietly 4. take. 5. that he will not escape so a second time. 6. that little money comes in. 7. be got. 8. he will do what he can. 9. and cause to be arrested. 10. he appointed himself. 11. another. 12. he will be in earnest. 13. he proposes to. 14. some plan must be made. 15. must. 16. he must think of that. 17. they are no good. 18. he must think of something else. 19. above all things. 20. my reminding you of it. 21. I have never time. 22. hateful things. 23. you imitate my hand so well.

ſchreib' in meinem Namen. Ich erwarte Oranien. Ich komme nicht dazu; und wünſchte ſelbſt, daß ihm auf ſeine Bedenklichkeiten was recht Beruhigen= des geſchrieben würde[1].

Secretär. Sagt mir ungefähr eure Meinung; ich will die Antwort ſchon aufſetzen und ſie Euch vorlegen. Geſchrieben ſoll ſie werden, daß ſie vor Gerichte für eure Hand gelten kann[2].

Egmont. Gieb mir den Brief. (Nachdem er hineingeſehen) Guter, ehrlicher Alter! Warſt du in deiner Jugend auch wohl ſo bedächtig? Erſtiegſt du nie einen Wall? Bleibſt du in der Schlacht, wo es die Klugheit anräth, hinten? — Der treue Sorgliche! Er will[3] mein Leben und mein Glück, und fühlt nicht, daß der ſchon todt iſt, der um ſeiner Sicherheit willen[4] lebt. — Schreib' ihm, er möge unbeſorgt ſein[5]; ich handle wie ich ſoll, ich werde mich ſchon wahren; ſein Anſehen bei Hofe ſoll er zu meinen Gunſten[6] brauchen, und meines vollkommenen Dankes gewiß ſein.

Secretär. Nichts weiter? O, er erwartet mehr.

Egmont. Was ſoll ich mehr ſagen? Willſt du mehr Worte machen, ſo ſteht's bei dir[7]. Es dreht ſich immer um den einen Punkt: ich ſoll leben, wie ich nicht leben mag[8]. Daß ich fröhlich bin, die Sachen leicht nehme[9], raſch lebe, das iſt mein Glück; und ich vertauſch' es nicht gegen[10] die Sicher= heit eines Todtengewölbes. Ich habe nun zu der ſpaniſchen Lebensart nicht einen Blutstropfen in meinen Adern; nicht Luſt, meine Schritte nach der neuen bedächtigen Hof=Cadenz zu muſtern. Leb' ich nur, um aufs Leben zu denken? Soll ich den gegenwärtigen Augenblick nicht genießen, damit ich des folgenden gewiß ſei[11]? Und dieſen wieder mit Sorgen und Grillen verzehren?

Secretär. Ich bitt' euch, Herr; ſeid nicht ſo barſch und rauh gegen den guten Mann. Ihr ſeid ja ſonſt gegen alle freundlich. Sagt mir ein ge= fällig Wort, das den edeln Freund beruhige. Seht, wie ſorgfältig er iſt, wie leiſ' er euch berührt.

Egmont. Und doch berührt er immer dieſe Saite. Er weiß von Alters her[12], wie verhaßt mir dieſe Ermahnungen ſind; ſie machen nur irre[13], ſie helfen nichts[14]. Und wenn ich ein Nachtwandler wäre, und auf dem gefährlichen Gipfel eines Hauſes ſpazierte, iſt es freundſchaftlich mich beim Namen zu rufen und mich zu warnen, zu wecken und zu tödten? Laßt jeden ſeines Pfades gehen[15]; er mag ſich wahren.

Secretär. Es ziemt euch nicht zu ſorgen, aber wer euch kennt und liebt —

Egmont (in den Brief ſehend). Da bringt er wieder die alten Mähr=

1. that something soothing to his scruples should be written to him. 2. can pass for your hand. 3. he wishes. 4. for the sake of his safety. 5. to be without anxiety. 6. in my favour. 7. you can do so. 8. I am to live as I cannot. 9. take matters carelessly. 10. and I will not change it for. 11. to be sure of the following one. 12. he knows of old. 13. they only confuse. 14. they do no good. 15. let every one go his own way.

chen auf[1], was wir an einem Abend in leichtem Uebermuth der Geselligkeit und des Weins getrieben[2] und gesprochen, und was man daraus für Folgen und Beweise durch's ganze Königreich gezogen und geschleppt[3] habe. — Nun gut! wir haben Schellenkappen, Narrenkutten auf uns'rer Diener Aermel sticken lassen, und haben diese tolle Zierde nachher in ein Bündel Pfeile verwandelt; ein noch gefährlicher Symbol für alle, die deuten wollen, wo nichts zu deuten ist[4]. Wir haben die und jene[5] Thorheit in einem lustigen Augenblick empfangen[6] und geboren; sind schuld[7], daß eine ganze edle Schaar mit Bettelsäcken und mit einem selbst gewählten Unnamen dem Könige seine Pflicht mit spottender Demuth ins Gedächtniß rief; sind schuld — was ist's nun weiter[8]? Ist ein Fastnachtsspiel gleich Hochverrath? Sind uns die kurzen, bunten Lumpen zu mißgönnen[9], die ein jugendlicher Muth, eine angefrischte Phantasie um unsers Lebens arme Blöse hängen mag? Wenn ihr das Leben gar zu ernsthaft nehmt, was ist denn dran[10]? Wenn uns der Morgen nicht zu neuen Freuden weckt, am Abend uns keine Lust zu hoffen übrig bleibt; ist's wohl des An= und Ausziehens werth[11]? Scheint mir die Sonne heut, um das zu überlegen was gestern war[12]? und um zu rathen, zu verbinden, was nicht zu errathen, nicht zu verbinden ist, das Schicksal eines kommenden Tages? Schenke[13] mir diese Betrachtungen; wir wollen sie Schülern und Höflingen überlassen. Die mögen sinnen und aussinnen, wandeln und schleichen, gelangen wohin sie können, erschleichen was sie können — Kannst du von allem diesem etwas brauchen[14], daß deine Epistel kein Buch wird[15], so ist mir's recht[16]. Dem guten Alten scheint alles viel zu wichtig. So[17] drückt ein Freund, der lang' uns're Hand gehalten, sie stärker noch einmal, wenn er sie lassen will[18].

Secretär. Verzeiht mir! Es wird dem Fußgänger schwindlig[19], der einen Mann mit rasselnder Eile daher fahren sieht.

Egmont. Kind! Kind! nicht weiter[20]! Wie von unsichtbaren Geistern gepeitscht, gehen die Sonnenpferde der Zeit mit unsers Schicksals leichtem Wagen durch, und uns bleibt nichts[21] als muthig gefaßt die Zügel festzuhalten, und bald rechts, bald links vom Steine hier, vom Sturze da, die Räder wegzulenken. Wohin es geht, wer weiß es? Erinnert er sich doch kaum[22], woher er kam.

Secretär. Herr! Herr!

Egmont. Ich stehe hoch, und kann und muß noch höher steigen; ich

---

1. there, he brings up again. 2. done. 3. drawn and circulated. 4. who want to find a meaning where there is none. 5. this and that. 6. conceived. 7. are in fault; are to blame. 8. what follows. 9. are we to be grudged the. 10. what is it worth. 11. is it worth while dressing and undressing. 12. to think over what happened yesterday. 13. spare. 14. if you can make use of. 15. without making a book out of. 16. it is well. 17. thus. 18. he will lett it go. 19. the pedestrian is giddy. 20. no more. 21. and we have nothing to do. 22. he scarcely remembers.

fühle in mir Hoffnung, Muth und Kraft. Noch hab' ich meines Wachsthums Gipfel nicht erreicht; und steh' ich droben einst[1], so will ich fest, nicht ängstlich stehen. Soll[2] ich fallen, so mag ein Donnerschlag, ein Sturmwind, ja selbst ein verfehlter Schritt mich abwärts in die Tiefe stürzen; da lieg' ich mit viel Tausenden. Ich habe nie verschmäht, mit meinen guten Kriegsgesellen um kleinen Gewinnst[3] das blutige Loos zu werfen[4], und sollt' ich knickern, wenn's um den ganzen freien Werth des Lebens geht[5]?

Secretär. O Herr! Ihr wißt nicht, was für Worte ihr sprecht! Gott erhalt' euch!

Egmont. Nimm deine Papiere zusammen[6]. Oranien kommt. Fertige aus[7], was am nöthigsten ist, daß die Boten fortkommen, eh' die Thore geschlossen werden. Das andere hat Zeit[8]. Den Brief an den Grafen laß bis morgen; versäume nicht Elviren zu besuchen, und grüße sie von mir. — Horche[9], wie sich die Regentin befindet; sie soll nicht wohl sein, ob sie's gleich verbirgt[10]. (Secretär ab. Oranien kommt.)

Egmont. Willkommen, Oranien! Ihr scheint mir nicht ganz frei[11].

Oranien. Was sagt ihr zu uns'rer Unterhaltung mit der Regentin?

Egmont. Ich fand in ihrer Art, uns aufzunehmen[12], nichts Außerordentliches. Ich habe sie schon öfter so gesehen. Sie schien mir nicht ganz wohl.

Oranien. Merktet ihr nicht, daß sie zurückhaltender war? Erst wollte sie unser Betragen bei dem neuen Aufruhr des Pöbels gelassen billigen; nachher merkte sie an[13], was sich doch auch für ein falsches Licht darauf werfen lasse[14], wich dann mit dem Gespräche[15] zu ihrem alten, gewöhnlichen Discurs: daß man ihre liebevolle, gute Art, ihre Freundschaft zu uns Niederländern nie genug erkannt, zu leicht behandelt habe[16], daß nichts einen erwünschten Ausgang nehmen wolle, daß sie am Ende wohl müde werden, der König sich zu andern Maßregeln sich entschließen müsse. Habt ihr das gehört[17]?

Egmont. Nicht alles; ich dachte unterdessen an was anders[18]. Sie ist ein Weib, guter Oranien, und die möchten immer gern[19], daß sich alles unter ihr sanftes Joch gelassen schmiegte, daß jeder Hercules die Löwenhaut ablegte, und ihren Kunkelhof vermehrte; daß, weil sie friedlich gesinnt sind, die Gährung, die ein Volk ergreift, der Sturm, den mächtige Nebenbuhler gegen einander erregen, sich durch ein freundlich Wort beilegen ließe[20], und die widrigsten[21] Elemente sich zu ihren Füßen in sanfter Eintracht vereinigten.

---

1. and if I am once at the top. 2. should. 3. for a small gain. 4. to cast the bloody lot. 5. when the whole value of live is at stake. 6. collect your papers. 7. prepare; dispatch. 8. the rest can wait; there is time for the rest. 9. listen; find out. 10. although she conceals it. 11. you seem rather disturbed. 12. of receiving us. 13. afterwards she remarked. 14. what a false light might be thrown upon it. 15. changed the conversation. 16. too slightly appreciated. 17. did you hear it? 18. of something else. 19. and they would always like. 20. be allayed by. 21. most discordant.

Das ist ihr Fall[1]; und so hat sie keinen Weg, als launisch zu werden, sich über Undankbarkeit, Unweisheit zu beklagen, mit schrecklichen Aussichten in die Zukunft zu drohen, und zu drohen, — daß sie — fortgehen will.

Oranien. Glaubt ihr dasmal nicht, daß sie ihre Drohung erfüllt?

Egmont. Nimmermehr! Wie oft habe ich sie schon reisefertig gesehen! Wo will sie denn hin[2]? Hier Statthalterin, Königin; glaubst du, daß sie es unterhalten[3] wird, am Hofe ihres Bruders unbedeutende Tage abzuhaspeln[4]? oder nach Italien zu gehen und sich in alten Familienverhältnissen herumzuschleppen[5]?

Oranien. Man hält sie dieser Entschließung nicht fähig[6], weil ihr sie habt zaudern, weil ihr sie habt zurücktreten sehen; dennoch liegt's wohl in ihr[7]; neue Umstände treiben sie zu dem lang' verzögerten Entschluß. Wenn sie ginge? und der König schickte einen andern?

Egmont. Nun, der würde kommen, und würde eben auch zu thun finden[8]. Mit großen Planen, Projecten und Gedanken würde er kommen, wie er alles zurecht rücken, unterwerfen und zusammenhalten wolle; und würde heut mit dieser Kleinigkeit, morgen mit einer andern zu thun haben, übermorgen jenes Hinderniß finden, einen Monat mit Entwürfen, einen andern mit Verdruß über fehlgeschlagene Unternehmen, ein halb Jahr in Sorgen über eine einzige Provinz zubringen[9]. Auch ihm[10] wird die Zeit vergehen, der Kopf schwindeln[11], und die Dinge wie zuvor ihren Gang halten[12], daß er, statt weite Meere nach einer vorgezogenen Linie zu durchsegeln[13], Gott danken mag, wenn er sein Schiff in diesem Sturme vom Felsen hält.

Oranien. Wenn man nun aber dem König zu einem Besuche riethe[14]?

Egmont. Der wäre[15]?

Oranien. Zu sehen, was der Rumpf ohne Haupt anfinge[16].

Egmont. Wie?

Oranien. Egmont, ich trage viele Jahre her[17] alle unsere Verhältnisse am[18] Herzen, ich stehe immer wie über einem Schachspiele und halte keinen Zug des Gegners für unbedeutend[19]; und wie müßige[20] Menschen mit der größten Sorgfalt sich um die Geheimnisse der Natur bekümmern, so halt' ich es für Pflicht[21], für Beruf eines Fürsten, die Gesinnungen, die Rathschläge aller Parteien zu kennen. Ich habe Ursach einen Ausbruch zu befürchten. Der König hat lange nach gewissen Grundsätzen gehandelt; er sieht,

---

1. that is the case with her. 2. whither will she go. 3. endure. 4. to pass her days in insignificance at. 5. drag on her existence among. 6. you think her incapable of this determination. 7. but, I think, it is in her. 8. find enough to do. 9. pass. 10. with him also. 11. the head grow dizzy. 12. keep their course as before. 13. instead of, mit *part. pres.* 14. but if they persuaded the king to another attempt. 15. which would be. 16. what the body would do without a head. 17. since many years. 18. interests at. 19. and consider no move of my adversary unimportant. 20. thoughtful. 21. I consider it the duty.

daß er damit nicht auskommt[1]; was ist wahrscheinlicher, als daß er es auf einem andern Wege versucht?

Egmont. Ich glaub's nicht. Wenn man alt wird und hat so viel versucht, und es will in der Welt nie zur Ordnung kommen[2], muß man es endlich wohl genug haben[3].

Oranien. Eins hat er noch nicht versucht.

Egmont. Nun?

Oranien. Das Volk zu schonen und die Fürsten zu verderben.

Egmont. Wie viele haben das schon lange gefürchtet! Es ist keine Sorge[4].

Oranien. Sonst war's Sorge; nach und nach ist mir's Vermuthung, zuletzt Gewißheit geworden.

Egmont. Und hat der König treuere Diener als uns?

Oranien. Wir dienen ihm auf[5] uns're Art; und unter einander können wir gestehen, daß wir des Königs Rechte und die uns'rigen wohl ab= zuwägen wissen.

Egmont. Wer thut's nicht? Wir sind ihm unterthan und gewärtig, in dem was ihm zukommt[6].

Oranien. Wenn er sich nun aber mehr zuschriebe[7], und Treulosigkeit nennte, was wir heißen auf uns're Rechte halten?

Egmont. Wir werden uns[8] vertheidigen können. Er rufe die Ritter des Fließes zusammen[9], wir wollen uns richten lassen.

Oranien. Und was wäre ein Urtheil vor der Untersuchung? eine Strafe vor dem Urtheil?

Egmont. Eine Ungerechtigkeit, der sich Philipp nie schuldig machen wird[10]; und eine Thorheit, die ich ihm und seinen Räthen nicht zutraue.

Oranien. Und wenn sie nun ungerecht und thöricht wären?

Egmont. Nein, Oranien, es ist nicht möglich. Wer sollte wagen Hand an uns zu legen? — Uns gefangen zu nehmen[11] wär' ein verlornes und fruchtloses Unternehmen. Nein, sie wagen nicht, das Panier der Tyrannei so hoch aufzustecken. Der Windhauch, der diese Nachricht übers Land brächte, würde ein ungeheures Feuer zusammentreiben. Und wohinaus wollten sie[12]? Richten und verdammen kann nicht der König allein; und wollten sie[13] meuchelmörderisch an unser Leben? — Sie können nicht wollen[14]. Ein schrecklicher Bund würde in einem Augenblick das Volk vereinigen. Haß und ewige Trennung vom spanischen Namen würde sich gewaltsam erklären.

Oranien. Die Flamme wüthete dann[15] über unserm Grabe, und das Blut uns'rer Feinde flösse zum leeren Sühnopfer. Laß uns denken, Egmont.

---

1. that he does not succeed. 2. and finds the world does not go as one wishes. 3. one must at last have enough of it (get tired of it). 4. there is no cause for anxiety. 5. after. 6. in what belongs to him. 7. but if he arrogated more to himself. 8. *reflex.* 9. he may assemble. 10. which Philip would never be guilty of. 11. to imprison us. 12. and what do they aim at. 13. and would they attempt. 14. they cannot intend it. 15. would then.

Egmont. Wie sollten sie aber?

Oranien. Alba ist unterwegs.

Egmont. Ich glaub's nicht.

Oranien. Ich weiß es.

Egmont. Die Regentin wollte nichts wissen[1].

Oranien. Um desto mehr bin ich überzeugt[2]. Die Regentin wird ihm Platz machen[3]. Seinen Mordsinn kenn' ich, und ein Heer bringt er mit.

Egmont. Aufs neue[4] die Provinzen zu belästigen? Das Volk wird höchst schwierig werden.

Oranien. Man wird sich der Häupter[5] versichern.

Egmont. Nein! Nein!

Oranien. Laß uns gehen, jeder in seine Provinz. Dort wollen wir uns verstärken; mit offener Gewalt fängt er nicht an.

Egmont. Müssen wir ihn nicht begrüßen, wenn er kommt?

Oranien. Wir zögern.

Egmont. Und wenn er uns im Namen des Königs bei seiner An= kunft fordert?

Oranien. Suchen wir Ausflüchte.

Egmont. Und wenn er dringt[6]?

Oranien. Entschuldigen wir uns.

Egmont. Und wenn er drauf besteht[7]?

Oranien. Kommen wir um so weniger[8].

Egmont. Und der Krieg ist erklärt, und wir sind die Rebellen. Oranien, laß dich nicht durch Klugheit verführen[9]; ich weiß, daß Furcht dich nicht weichen macht. Bedenke den Schritt.

Oranien. Ich hab' ihn bedacht.

Egmont. Bedenke, wenn du dich irrst[10], woran du schuld bist[11]; an dem verderblichsten Kriege, der je ein Land verwüstet hat. Dein Weigern ist das Signal, das die Provinzen mit einmal[12] zu den Waffen ruft, das jede Grausamkeit rechtfertigt, wozu Spanien von jeher nur gern den Vorwand gehascht hat[13]. Was wir lange mühselig gestillt haben, wirfst du mit einem Winke zur schrecklichsten Verwirrung auf. Denk' an[14] die Städte, die Edeln, das Volk, an die Handlung, den Feldbau, die Gewerbe! und denke die Verwüstung, den Mord! — Ruhig sieht derSoldat wohl im Felde seinen Kameraden neben sich hinfallen; aber den Fluß herunter werden dir[15] die Leichen der Bürger, der Kinder, der Jungfrauen entgegenschwimmen[16], daß du mit Entsetzen dastehst und nicht mehr weißt, wessen Sache du vertheidigst,

---

1. dit not seem to know it. 2. and I am all the more convinced of it. 3. will make way for him. 4. anew; afresh. 5. their leaders. 6. to be urgent. 7. and if he insists upon it. 8. all the less for it. 9. do not be deceived by. 10. if you mistake. 11. of what you are the cause. 12. at once. 13. for which Spain has always gladly seized a pretext. 14. of. 15. but towards you, carried down by the stream. 16. will float.

da die zu Grunde gehen[1], für deren Freiheit du die Waffen ergreifst. Und wie wird dir's sein[2], wenn du dir still sagen mußt[3], für meine Sicherheit ergriff[4] ich sie.

Oranien. Wir sind nicht einzelne[5] Menschen, Egmont. Ziemt es sich[6] uns für Tausende hinzugeben[7], so ziemt es sich auch uns für Tausende zu schonen.

Egmont. Wer sich schont, muß sich selbst verdächtig werden.

Oranien. Wer sich kennt, kann sicher vor= und rückwärts gehen.

Egmont. Das Uebel, daß du fürchtest, wird gewiß[8] durch deine That.

Oranien. Es ist klug und kühn dem unvermeidlichen Uebel entgegenzugehen.

Egmont. Bei so großer Gefahr kommt die leichteste Hoffnung in Anschlag[9].

Oranien. Wir haben nicht für den leisesten Fußtritt Platz mehr, der Abgrund liegt hart vor uns.

Egmont. Ist des Königs Gunst ein so schmaler Grund?

Oranien. So schmal nicht, aber schlüpfrig.

Egmont. Bei Gott! man thut ihm Unrecht[10]. Ich mag nicht leiden, daß man unwürdig von ihm denkt! Er ist Karl's Sohn und keiner Niedrigkeit fähig.

Oranien. Die Könige thun nichts Niedriges[11].

Egmont. Man sollte ihn kennen lernen.

Oranien. Eben diese Kenntniß räth uns eine gefährliche Probe nicht abzuwarten.

Egmont. Keine Probe ist gefährlich, zu der man Muth hat.

Oranien. Du wirst aufgebracht[12], Egmont.

Egmont. Ich muß mit meinen Augen sehen.

Oranien. O säh'st du diesmal nur mit den meinigen! Freund, weil du sie offen hast, glaubst du, du siehst. Ich gehe! Warte du Alba's Ankunft ab[13], und Gott sei bei dir! Vielleicht rettet dich mein Weigern. Vielleicht, daß der Drache nichts zu fangen glaubt, wenn er uns nicht beide auf einmal verschlingt. Vielleicht zögert er, um seinen Anschlag sicherer auszuführen; und vielleicht siehest du indeß die Sache in ihrer wahren Gestalt. Aber dann schnell! schnell! Rette! rette dich! — Leb' wohl! — Laß deiner Aufmerksamkeit nichts entgehen[14]: wie viel Mannschaft[15] er mitbringt, wie er die Stadt besetzt, was für Macht die Regentin behält[16], wie deine Freunde gefaßt sind. Gieb mir Nachricht — — — Egmont —

---

1. since they perish. 2. what will you feel. 3. your conscience says. 4. to draw. 5. ordinary. 6. if it is fitting. 7. to sacrifice. 8. will be made certain. 9. the smallest hope is to be regarded, to be attended to. 10. you do him wrong; injustice. 11. kings do no wrong (nothing mean). 12. you are excited. 13. wait for Alba's arrival. 14. let nothing escape your watchfulness. 15. how many men. 16. what power the Regent keeps.

3*

Egmont. Was willst du?

Oranien (ihn bei der Hand fassend). Laß dich überreden[1]! Geh' mit!

Egmont. Wie? Thränen, Oranien?

Oranien. Einen Verlornen zu beweinen ist auch männlich.

Egmont. Du wähnst mich verloren[2]?

Oranien. Du bist's. Bedenke! Dir bleibt nur eine kurze Frist[3]. Leb' wohl! (Ab.)

Egmont (allein.) Daß[4] anderer Menschen Gedanken solchen Einfluß auf uns haben! Mir wär' es nie eingekommen[5], und dieser Mann trägt seine Sorglichkeit in mich herüber[6]. — Weg! — Das ist ein fremder Tropfen in meinem Blute. Gute[7] Natur, wirf ihn wieder heraus! Und von meiner Stirne die sinnenden Runzeln wegzubaden[8], giebt es ja wohl noch[9] ein freundlich Mittel.

Dritter Aufzug.

Palast der Regentin.

Margaretha von Parma. Ich hätte mir's vermuthen sollen[10]. Ha! Wenn man in Mühe und Arbeit vor sich hinlebt, denkt man immer, man thue das Möglichste[11]; und der von weitem[12] zusieht und befiehlt, glaubt, er verlange nur das Mögliche. — O die Könige! — Ich hätte nicht geglaubt, daß es mich so verdrießen könnte. Es ist so schön[13] zu herrschen! — Und abzudanken? — Ich weiß nicht, wie mein Vater es konnte; aber ich will es auch.

Macchiavell erscheint im Grunde.

Regentin. Tretet näher, Macchiavell. Ich denke hier über den Brief meines Bruders.

Macchiavell. Ich darf wissen was er enthält[14]?

Regentin. So viel[15] zärtliche Aufmerksamkeit für mich, als Sorgfalt für seine Staaten. Er rühmt die Standhaftigkeit, den Fleiß und die Treue, womit ich bisher für die Rechte seiner Majestät in diesen Landen gewacht habe. Er bedauert mich, daß mir das unbändige Volk so viel zu schaffen mache[16]. Er ist von der Tiefe meiner Einsichten so vollkommen überzeugt, mit der Klugheit meines Betragens so außerordentlich zufrieden, daß ich fast sagen muß, der Brief ist für einen König zu schön geschrieben, für einen Bruder gewiß.

Macchiavell. Es ist nicht das erstemal, daß er euch seine gerechte Zufriedenheit bezeigt.

---

1. be persuaded. 2. you consider me lost. 3. you have but a short time. 4. strange that. 5. I should never have thought of it. 6. infects me with his. 7. kind. 8. erase. 9. there is still. 10. I should have suspected it. 11. all that is possible. 12. afar. 13. sweet. 14. may I know its contents. 15. as much. 16. gives me so much to do.

Regentin. Aber das erstemal, daß es rednerische Figur ist[1].

Macchiavell. Ich versteh' euch nicht.

Regentin. Ihr werdet. — Denn er meint, nach diesem Eingang[2], ohne Mannschaft, ohne eine kleine Armee werde ich immer hier eine üble Figur spielen! Wir hätten, sagt er, unrecht gethan, auf die Klagen[3] der Einwohner unsere Soldaten aus den Provinzen zu ziehen. Eine Besatzung, meint er, die dem Bürger auf dem Nacken lastet[4], verbiete ihm durch[5] ihre Schwere, große Sprünge zu machen[6].

Macchiavell. Es würde die Gemüther äußerst aufbringen[7].

Regentin. Der König meint aber, hörst du? — Er meint, daß ein tüchtiger General, so einer, der gar keine Raison annimmt[8], gar bald mit Volk und Adel, Bürgern und Bauern fertig werden könne[9], — und schickt deswegen mit einem starken Heere — den Herzog von Alba.

Macchiavell. Alba?

Regentin. Du wunderst dich[10]?

Macchiavell. Ihr sagt: Er schickt. Er fragt wohl[11], ob er schicken soll?

Regentin. Der König fragt nicht; er schickt.

Macchiavell. So werdet ihr[12] einen erfahrnen Krieger in euren Diensten haben.

Regentin. In meinen Diensten? Rede gerad heraus[13], Macchiavell.

Macchiavell. Ich möcht[14] euch nicht vorgreifen.

Regentin. Und ich möchte mich verstellen! Es ist mir empfindlich, sehr empfindlich[15]. Ich wollte lieber[16], mein Bruder sagte, wie er's denkt, als daß er förmliche Episteln unterschreibt, die ein Staatssecretär aufsetzt.

Macchiavell. Sollte man[17] nicht einsehen —

Regentin. Und ich kenne sie inwendig und auswendig[18]. Sie möchten's gern gesäubert und gekehrt haben: und weil sie selbst nicht zugreifen[19], so findet ein jeder Vertrauen, der mit dem Besen in der Hand kommt. O mir ist's[20], als wenn ich den König und sein Conseil auf dieser Tapete gewirkt sähe.

Macchiavell. So lebhaft?

Regentin. Es fehlt kein Zug. Es sind gute Menschen drunter[21]. Der ehrliche Rodrich, der so erfahren und mäßig ist, nicht zu hoch will[22], und doch nichts fallen läßt, der gerade[23] Alonzo, der fleißige Freneda, der feste Las Vargas, und noch einige, die mitgehen, wenn die gute Partei mächtig wird. Da sitzt aber der hohläugige Toledaner mit der ehrnen Stirne und

---

1. that it is a figure of speech. 2. after this prelude. 3. on the complaints. 4. which would oppress the citizens. 5. will prevent him by. 6. from making. 7. it would irritate their tempers extremely. 8. to listen. 9. would soon make an end with. 10. you wonder. 11. I suppose he asks. 12. you will then. 13. speak out. 14. I should not like to. 15. I am hurt, much hurt. 16. I would prefer. 17. they. 18. and I know them thoroughly. 19. as they do nothing themselves. 20. Oh I feel. 21. there are good men among them. 22. who has not too high views. 23. upright.

dem tiefen Feuerblick, murmelt zwischen den Zähnen von Weibergüte, un=
zeitigem Nachgeben, und daß Frauen wohl von zugerittenen Pferden sich
tragen lassen[1], selbst aber schlechte Stallmeister sind, und solche Späße, die
ich ehmals[2] von den politischen Herren habe mit durchhören müssen[3].

Macchiavell. Ihr habt zu dem Gemälde einen guten Farben=
topf[4] gewählt.

Regentin. Gesteht nur, Macchiavell, in meiner ganzen Schattirung[5],
aus der ich allenfalls malen könnte, ist kein Ton so gelbbraun·, so gallen=
schwarz[6], wie Alba's Gesichtsfarbe, und als die Farbe, aus der er malt.
Jeder ist bei ihm[7] gleich ein Gotteslästerer, ein Majestätsschänder; denn aus
diesem Kapitel[8] kann man sie alle sogleich rädern, pfählen, viertheilen und
verbrennen. — Das Gute, was ich hier gethan habe, sieht gewiß in der Ferne
wie nichts aus[9], eben weil's gut ist. Da hängt[10] er sich an jeden Muth=
willen, der vorbei ist, erinnert an jede Unruhe, die gestillt ist; und es wird
dem Könige vor den Augen so voll[11] Meuterei, Aufruhr und Tollkühnheit,
daß er sich vorstellt[12], sie fräßen sich hier einander auf[13], wenn eine flüchtig
vorübergehende Ungezogenheit eines rohen Volkes bei uns lange vergessen ist.
Da faßt[14] er einen recht herzlichen Haß auf die armen Leute; sie kommen ihm
abscheulich, ja wie Thiere und Ungeheuer vor[15], er sieht sich nach Feuer und
Schwert um, und wähnt, so[16] bändige man Menschen.

Macchiavell. Ihr scheint mir zu heftig, ihr nehmt die Sache zu
hoch[17]. Bleibt ihr nicht Regentin?

Regentin. Das kenn' ich. Er wird eine Instruction bringen. —
Ich bin in Staatsgeschäften alt genug geworden, um zu wissen, wie man
einen verdrängt, ohne ihm seine Bestallung zu nehmen. — Erst wird er eine
Instruction bringen, die wird unbestimmt und schief sein; er wird um sich
greifen[18], denn er hat die Gewalt; und wenn ich mich beklage, wird er eine
geheime Instruction vorschützen; wenn ich sie sehen will, wird er mich herum=
ziehen[19]; wenn ich drauf bestehe, wird er mir ein Papier zeigen, das ganz
was anders enthält[20]; und wenn ich mich da nicht beruhige, gar nicht mehr
thun[21], als wenn ich redete[22]. — Indeß wird er, was ich fürchte, gethan,
und was ich wünsche, weit abwärts gelenkt haben.

Macchiavell. Ich woll' ich könnt' euch widersprechen.

Regentin. Was ich mit unsäglicher Geduld beruhigte, wird er durch
Härte und Grausamkeiten wieder aufhetzen; ich werde vor meinen Augen
mein Werk verloren sehen, und überdies noch seine Schuld zu tragen haben.

---

1. can ride trained horses well enough. 2. formerly. 3. was obliged to listen to. 4. good colours. 5. tints. 6. jaundiced. 7. with
him, in his estimation. 8. under this head. 9. looks nothing from a
distance. 10. dwells. 11. and the king has before his eyes so much.
12. that he imagines. 13. they eat each other up. 14. conceives. 15.
they appear to him to be. 16. thus. 17. seriously. 18. he will go
further. 19. he will answer evasively. 20. something totally different.
21. he will do no more. 22. had not interfered.

Macchiavell. Erwarten's Eure Hoheit.

Regentin. So viel Gewalt hab' ich über mich, um stille zu sein. Laß ihn kommen; ich werde ihm mit der besten Art Platz machen, eh' er mich verdrängt.

Macchiavell. So rasch diesen wichtigen Schritt?

Regentin. Schwerer als du denkst. Wer zu herrschen gewohnt ist, wer's hergebracht hat, daß jeden Tag das Schicksal von Tausenden in seiner Hand liegt, steigt[1] vom Thron wie ins Grab. Aber besser so[2], als einem Gespenste gleich unter den Lebenden bleiben, und mit hohlem Ansehen einen Platz behaupten wollen[3], den ihm ein anderer abgeerbt hat, und nun besitzt und genießt.

Clärchens Wohnung.
Clärchen. Mutter.

Mutter. So eine Liebe wie Brackenburg's hab' ich nie gesehen; ich glaubte, sie sei nur in Heldengeschichten.

Clärchen (geht in der Stube auf und ab[4], ein Lied zwischen den Lippen summend).

Glücklich allein,
Ist die Seele die liebt.

Mutter. Er vermuthet[5] deinen Umgang mit Egmont; und ich glaube, wenn du ihm ein wenig freundlich thätest[6], wenn du wolltest, er heirathete dich noch.

Clärchen (singt).

Freudvoll
Und leidvoll,
Gedankenvoll sein;
Langen
Und bangen

In schwebender Pein;
Himmelhoch jauchzend,
Zum Tode betrübt;
Glücklich allein
Ist die Seele die liebt.

Mutter. Laß das Heiopopeio[7].

Clärchen. Scheltet mir's nicht; es ist ein kräftig Lied. Hab' ich doch schon manchmal ein großes Kind damit schlafen gewiegt[8].

Mutter. Du hast doch nichts im Kopf als deine Liebe. Vergäßest du nur nicht alles über das eine[9]. Den Brackenburg solltest du in Ehren halten[10], sag' ich dir. Er kann dich noch einmal[11] glücklich machen.

Clärchen. Er?

Mutter. O ja! es kommt eine Zeit! — Ihr Kinder seht nichts voraus[12], und überhorcht uns're Erfahrungen. Die Jugend und die schöne[13]

---

1. descends. 2. but it is better so. 3. try to maintain a place. 4. walks up and down the room. 5. to suspect. 6. if you behaved a little friendly to him. 7. baby nonsense. 8. rocked to sleep. 9. every other thing for this one. 10. you should honour. 11. he may still some day. 12. never foresee anything. 13. happy.

Liebe, alles hat sein Ende; und es kommt eine Zeit, wo man Gott dankt, wenn man irgendwo unterkriechen kann.

Clärchen (schaudert, schweigt und fährt auf). Mutter, laßt die Zeit kommen wie den Tod. D'ran vorzudenken ist schreckhaft! Und wenn er kommt! Wenn wir müssen — dann — wollen wir uns gebärden wir wir können — Egmont, ich dich entbehren — (In Thränen.) Nein, es ist nicht möglich, nicht möglich.

Egmont (in einem Reitermantel, den Hut ins Gesicht gedrückt[1], tritt auf). Clärchen!

Clärchen (thut einen Schrei[2], fährt zurück). Egmont! (Sie eilt auf ihn zu[3].) Egmont! (Sie umarmt ihn und ruht an ihm.) O du guter, lieber, süßer[4]! Kommst du? bist du da!

Egmont. Guten Abend, Mutter!

Mutter. Gott grüß' euch[5], edler Herr! Meine Kleine ist fast vergangen[6], daß ihr so lang' ausbleibt; sie hat wieder den ganzen Tag von euch geredet und gesungen.

Egmont. Ihr gebt mir doch ein Nachtessen[7]?

Mutter. Zu viel Gnade. Wenn wir nur etwas hätten.

Clärchen. Freilich! Seid nur ruhig, Mutter; ich habe schon alles darauf eingerichtet, ich habe etwas zubereitet. Verrathet mich nicht, Mutter.

Mutter. Schmal genug.

Clärchen. Wartet nur! Und dann denk' ich, wenn er bei mir ist, hab' ich gar keinen Hunger; da sollte er auch keinen großen Appetit haben, wenn ich bei ihm bin.

Egmont. Meinst du? (Clärchen stampft mit dem Fuße und kehrt sich wieder um.) Wie ist dir[8]?

Clärchen. Wie seid ihr heute so kalt[9]! Ihr habt mir noch keinen Kuß angeboten. Warum habt ihr die Arme in den Mantel gewickelt, wie ein Wochenkind? Ziemt keinem Soldaten noch Liebhaber die Arme eingewickelt zu haben.

Egmont. Zu Zeiten[10], Liebchen, zu Zeiten. Wenn der Soldat auf der Lauer steht und dem Feinde etwas ablisten möchte, da nimmt er sich zusammen[11], faßt sich selbst in seine Arme und kaut[12] seinen Anschlag reif. Und ein Liebhaber —

Mutter. Wollt ihr euch nicht setzen? es euch nicht bequem machen[13]? Ich muß in die Küche; Clärchen denkt an nichts, wenn ihr da seid. Ihr müßt fürlieb nehmen.

---

1. his hat pressed over his face. 2. utters a cry. 3. hastens to him. 4. sweet Egmont. 5. God save you. 6. was almost out of her mind. 7. you will give me some supper, I hope (doch). 8. what is the matter with you. 9. how cold you are! 10. all in good time. 11. he collects himself. 12. matures. 13. make yourself comfortable.

Egmont. Euer guter Wille ist die beste Würze. (Mutter ab.)

Clärchen. Und was wäre denn meine Liebe?

Egmont. So viel du willst.

Clärchen. Vergleicht sie[1], wenn ihr das Herz habt.

Egmont. Zuvörderst also — (Er wirft den Mantel ab und steht in einem prächtigen Kleide da.)

Clärchen. O je[2]!

Egmont. Nun hab' ich die Arme frei. (Er herzt sie.)

Clärchen. Laßt[3]! ihr verderbt euch[4]. (Sie tritt zurück.) Wie prächtig! Da darf ich euch nicht anrühren.

Egmont. Bist du zufrieden? Ich versprach dir einmal spanisch[5] zu kommen.

Clärchen. Ich bat euch zeither nicht mehr d'rum; ich dachte, ihr wolltet nicht. — Ach und das goldne Vließ!

Egmont. Da siehst du's nun?

Clärchen. Das hat dir der Kaiser umgehängt[6]?

Egmont. Ja, mein Kind, und Kette und Zeichen geben dem, der sie trägt, die edelsten Freiheiten. Ich erkenne auf Erden keinen Richter über meine Handlungen, als[7] den Großmeister des Ordens mit dem versammelten Kapitel der Ritter.

Clärchen. O du dürftest[8] die ganze Welt über dich richten lassen! — Der Sammet ist gar zu herrlich, und die Passement=Arbeit[9]! und das Gestickte! — Man weiß nicht, wo man anfangen soll.

Egmont. Sieh dich nur satt[10].

Clärchen. Und das goldne Vließ! Ihr erzähltet mir die Geschichte und sagtet, es sei ein Zeichen alles Großen und Kostbaren, was man mit Müh' und Fleiß verdient und erwirbt. Es ist sehr kostbar — Ich kann's deiner Liebe vergleichen. — Ich trage sie ebenso am Herzen — und her= nach —

Egmont. Was willst du sagen?

Clärchen. Hernach vergleicht sich's auch wieder nicht[11].

Egmont. Wie so?

Clärchen. Ich habe sie nicht mit Mühe und Fleiß erworben, nicht verdient.

Egmont. In der Liebe ist es anders. Du verdienst sie, weil du dich nicht darum bewirbst — und die Leute erhalten sie auch meist allein, die nicht darnach jagen.

Clärchen. Hast du das von dir abgenommen[12]? Hast du diese stolze Anmerkung über dich selbst gemacht? du, den alles Volk liebt?

1. compare it to something. 2. Oh heavens! 3. leave off. 4. you spoil your dress. 5. in a Spanish dress. 6. to hang round the neck. 7. except. 8. oh, you might. 9. braiding. 10. look and satisfy your- self. 11. and then again it is not like. 12. have you learned that from your own experience?

Egmont. Hätt' ich nur etwas für sie gethan[1]! Könnt' ich etwas für sie thun! Es ist ihr guter Wille, mich zu lieben.

Clärchen. Du warst gewiß heute bei der Regentin?

Egmont. Ich war bei ihr.

Clärchen. Bist du gut mit ihr[2]?

Egmont. Es sieht einmal so aus[3]. Wir sind einander freundlich und dienstlich.

Clärchen. Und im[4] Herzen?

Egmont. Will[5] ich ihr wohl. Jedes hat seine eignen Absichten. Das thut nichts zur Sache[6]. Sie ist eine treffliche Frau, kennt ihre Leute und sähe tief genug, wenn sie auch nicht argwöhnisch wäre. Ich mache ihr viel zu schaffen[7], weil sie hinter meinem Betragen immer Geheimnisse sucht und ich keine habe.

Clärchen. So gar keine[8]?

Egmont. Ei nun! einen kleinen Hinterhalt. Jeder Wein setzt Weinstein in den Fässern an mit der Zeit[9]. Oranien ist doch noch eine bessere Unterhaltung für sie und eine immer neue Aufgabe[10]. Er hat sich in Credit gesetzt, daß er immer etwas Geheimes vorhabe[11]; und nun sieht sie immer nach seiner Stirne, was er wohl denken, auf seine Schritte, wohin er sie wohl richten möchte.

Clärchen. Verstellt sie sich[12]?

Egmont. Regentin, und du fragst?

Clärchen. Verzeiht, ich wollte fragen, ist sie falsch?

Egmont. Nicht mehr und nicht weniger, als jeder, der seine Absichten erreichen will.

Clärchen. Ich könnte mich in die Welt nicht finden[13]. Sie hat aber auch einen männlichen Geist, sie ist ein ander Weib, als wir Nätherinnen und Köchinnen. Sie ist groß, herzhaft, entschlossen.

Egmont. Ja, wenn's nicht gar zu bunt geht[14]. Diesmal ist sie doch ein wenig aus der Fassung.

Clärchen. Wie so?

Egmont. Sie hat auch ein Bärtchen[15] auf der Oberlippe, und manchmal einen Anfall von Podagra. Eine rechte[16] Amazone!

Clärchen. Eine majestätische Frau! Ich scheute mich[17] vor sie zu treten.

Egmont. Du bist doch sonst nicht zaghaft. — Es wäre auch nicht[18] Furcht, nur jungfräuliche Scham. (Clärchen schlägt die Augen nieder, nimmt

---

1. would that I had done something for them. 2. are you on good terms with her. 3. it seems so. 4. and in your. 5. wish. 6. that has nothing to do with the matter. 7. I give her plenty to do. 8. really none? 9. in the course of time. 10. riddle. 11. he has the reputation of always having some secret. 12. does she dissemble. 13. I could not get on in the world. 14. if there is not too much disturbance. 15. moustache. 16. real. 17. feared. 18. neither would it be.

seine Hand und lehnt sich an ihn.) Ich verstehe dich, liebes Mädchen! du darfst die Augen aufschlagen. (Er küßt ihre Augen.)

Clärchen. Laß mich schweigen! Laß mich dich halten. Laß mich dir in die Augen sehen[1], alles drin finden, Trost und Hoffnung und Freude und Kummer. (Sie umarmt ihn und sieht ihn an.) Sag' mir! Sage! ich begreife nicht! bist du Egmont? der Graf Egmont? der große Egmont, der so viel Aufsehen macht, von dem in den Zeitungen steht[2], an dem die Provinzen hängen?

Egmont. Nein, Clärchen, das bin ich nicht.

Clärchen. Wie?

Egmont. Siehst du, Clärchen! — Laß mich sitzen! — (Er setzt sich, sie kniet vor ihm auf einen Schemel, sie legt ihre Arme auf seinen Schooß und sieht ihn an.) Jener Egmont ist ein verdrießlicher, steifer, kalter Egmont, der an sich halten[3], bald dieses, bald jenes Gesicht machen muß; geplagt, verkannt, verwickelt ist, wenn ihn die Leute für froh und fröhlich halten; geliebt von einem Volke, das nicht weiß was es will; geehrt und in die Höhe getragen[4] von einer Menge, mit der nichts anzufangen ist[5]; umgeben von Freunden, denen er sich nicht überlassen darf; beobachtet von Menschen, die ihm auf alle Weise beikommen möchten, arbeitend und sich bemühend, oft ohne Zweck, meist ohne Lohn. — O laß mich schweigen, wie es dem ergeht[6], wie es dem zu Muthe ist. Aber dieser[7], Clärchen, der ist ruhig, offen, glücklich, geliebt und gekannt von dem besten Herzen, das auch er ganz kennt und mit voller Liebe und Zutrauen an das seine drückt. (Er umarmt sie.) Das ist dein Egmont!

Clärchen. So laß mich sterben! Die Welt hat keine Freude auf dieser[8]!

---

1. look into thy eyes. 2. who is spoken of in the newspapers. 3. who must constrain himself. 4. elevated. 5. who are intractable. 6. how it goes with him. 7. but this one. 8. beyond; after those.

Vierter Aufzug.

Straße.
Jetter. Zimmermeister.

Jetter. He! Pst[1]! He, Nachbar, ein Wort!

Zimmermeister. Geh deines Pfads[2], und sei ruhig!

Jetter. Nur ein Wort. Nichts neues[3]?

Zimmermeister. Nichts, als daß uns von neuem zu reden verboten ist.

Jetter. Wie?

Zimmermeister. Tretet hier ans Haus an. Hütet euch[4]! Der Herzog von Alba hat gleich bei seiner Ankunft einen Befehl ausgehen lassen, dadurch zwei oder drei, die auf der Straße zusammen sprechen, des Hochverraths ohne Untersuchung schuldig erklärt sind.

Jetter. O weh!

Zimmermeister. Bei ewiger Gefangenschaft[5] ist verboten von Staatssachen zu reden.

Jetter. O, uns're Freiheit!

Zimmermeister. Und bei Todesstrafe soll niemand die Handlungen der Regierung mißbilligen.

Jetter. O uns're Köpfe!

Zimmermeister. Und mit großem Versprechen werden Väter, Mütter Kinder, Verwandte, Freunde, Dienstboten eingeladen, was in dem Innersten des Hauses vorgeht[6], bei dem besonders niedergesetzten Gerichte zu offenbaren.

Jetter. Gehn wir nach Hause.

Zimmermeister. Und den Folgsamen ist versprochen, daß sie weder an Leibe, noch Vermögen einige Kränkung erdulden sollen.

Jetter. Wie gnädig! War mir's doch gleich weh[7], wie der Herzog in die Stadt kam. Seit der Zeit ist mirs, als[8] wäre der Himmel mit einem schwarzen Flor überzogen, und hinge so tief herunter, daß man sich bücken müsse, um nicht dran zu stoßen.

Zimmermeister. Und wie haben dir seine Soldaten gefallen? Gelt! das ist eine andere Art von Krebsen, als wir sie sonst gewohnt waren.

Jetter. Pfui[9]! Es schnürt einem das Herz ein[10], wenn man so einen Haufen die Gassen hinab marschiren sieht. Kerzengrad, mit unverwandtem Blick, ein Tritt so viel ihrer sind[11]. Und wenn sie auf der Schildwache stehen[12] und du gehst an einem vorbei[13], ist's, als wenn er dich durch und durch sehen wollte, und sieht so steif und mürrisch aus, daß du auf allen Ecken einen Zuchtmeister zu sehen glaubst. Sie thun mir gar nicht wohl[14].

---

1. hist! 2. go your way. 3. any news? 4. take care. 5. on pain of imprisonment for life. 6. what happens. 7. I felt ill at ease directly. 8. I feel as if. 9. faugh! 10. it gripes one's heart. 11. however many there may be. 12. and when they stand on guard. 13. and you pass one of them. 14. I don't like them at all.

Unsere Miliz war doch noch ein lustig Volk, sie nahmen sich was heraus[1], standen mit ausgegrätschten Beinen da, hatten den Hut über'm Ohr, lebten, und ließen leben; diese Kerle aber sind wie Maschinen, in denen ein Teufel sitzt.

Zimmermeister. Wenn so einer ruft: „Halt!" und anschlägt, meinst du, man hielte?

Jetter. Ich wäre gleich des Todes[2].

Zimmermeister. Gehn wir nach Hause.

Jetter. Es wird nicht gut[3]. Adieu.

Soest (tritt dazu). Freunde! Genossen!

Zimmermeister. Still! Laßt uns gehen.

Soest. Wißt ihr?

Jetter. Nur zu viel!

Soest. Die Regentin ist weg.

Jetter. Nun gnad' uns Gott[4]!

Zimmermeister. Die hielt uns noch.

Soest. Auf einmal[5] und in der Stille. Sie konnte sich mit dem Herzoge nicht vertragen[6], sie ließ dem Adel melden[7], sie komme wieder. Niemand glaubt's.

Zimmermeister. Gott verzeih's dem Adel, daß er uns[8] diese neue Geißel über den Hals gelassen hat[9]. Sie hätten es abwenden können. Unsere Privilegien sind hin[10].

Jetter. Um Gotteswillen[11] nichts von Privilegien! Ich wittre den Geruch von einem Executionsmorgen; die Sonne will nicht hervor, die Nebel stinken.

Soest. Oranien ist auch weg.

Zimmermeister. So sind wir denn ganz verlassen!

Soest. Graf Egmont ist noch da.

Jetter. Gott sei Dank! Stärken ihn alle Heiligen, daß er sein Bestes thut; der ist allein was vermögend[12].

Vansen (tritt auf). Find' ich endlich ein Paar, die noch nicht untergekrochen sind?

Jetter. Thut uns den Gefallen und geht fürbaß.

Vansen. Ihr seid nicht höflich.

Zimmermeister. Es ist gar keine Zeit zu Complimenten. Juckt euch der Buckel wieder? Seid ihr schon durchgeheilt?

Vansen. Fragt einen Soldaten nach seinen Wunden! Wenn ich auf Schläge was gegeben hätte[13], wäre sein Tage nichts aus mir geworden[14].

Jetter. Es kann ernstlicher werden.

---

1. they were free and easy. (vulg.) 2. I should be dead at once. 3. no good will come of it. 4. God be merciful to us; God save us. 5. she went suddenly. 6. she could not agree with the duke. 7. she sent word to. 8. for letting. 9. be laid on our. 10. are at an end. 11. for God's sake. 12. able to save us. 13. if I had cared for. 14. nothing good would have come of me.

Vansen. Ihr spürt von dem Gewitter, das aufsteigt, eine erbärmliche Mattigkeit in den Gliedern, scheint's.

Zimmermeister. Deine Glieder werden sich bald wo anders eine Motion machen[1], wenn du nicht ruhst.

Vansen. Armselige Mäuse, die gleich verzweifeln, wenn der Hausherr eine neue Katze anschafft! Nur ein bißchen anders; aber wir treiben unser Wesen nach wie vor[2], seid nur ruhig.

Zimmermeister. Du bist ein verwegener Taugenichts.

Vansen. Gevatter Tropf! Laß du den Herzog nur gewähren[3]. Der alte Kater sieht aus, als wenn er Teufel statt Mäuse gefressen hätte und könnte sie nun nicht verdauen. Laßt ihn nur erst[4]; er muß auch essen, trinken, schlafen, wie andre Menschen. Es ist mir nicht bange[5], wenn wir uns're Zeit recht nehmen[6]. Im Anfange geht's rasch; nachher wird er auch finden, daß in der Speisekammer unter den Speckseiten besser leben ist[7] und des Nachts zu ruhen, als auf dem Fruchtboden einzelne Mäuschen zu erlisten. Geht nur[8], ich kenne die Statthalter.

Zimmermeister. Was so einem Menschen alles durchgeht[9]! Wenn ich in meinem Leben so etwas[10] gesagt hätte, hielt' ich mich keine Minute für sicher.

Vansen. Seid nur ruhig! Gott im Himmel erfährt nichts von[11] euch Würmern, geschweige der Regent[12].

Jetter. Lästermaul!

Vansen. Ich weiß andre, denen es besser wäre, sie hätten statt ihres Heldenmuths eine Schneiderader im Leibe.

Zimmermeister. Was wollt ihr damit sagen?

Vansen. Hm! den Grafen mein' ich.

Jetter. Egmont! Was soll der fürchten?

Vansen. Ich bin ein armer Teufel, und könnte ein ganzes Jahr leben von dem, was[13] er in einem Abende verliert. Und doch könnt' er mir sein Einkommen eines ganzen Jahres geben, wenn er meinen Kopf auf eine Viertelstunde hätte.

Jetter. Du denkst dich was Recht's[14]. Egmont's Haare sind[15] gescheidter als dein Hirn.

Vansen. Red't ihr! Aber nicht feiner. Die Herren[16] betrügen sich am ersten. Er sollte nicht trauen[17].

Jetter. Was er schwätzt! So ein Herr!

Vansen. Eben weil er kein Schneider ist.

---

1. will soon be in motion somewhere else. 2. whe shall get on as we did before. 3. let the duke do what he likes; let the duke alone. 4. just leave him alone. 5. I am not afraid. 6. watch our opportunity. 7. that it is better to live. 8. go along. 9. what such a fellow may say! 10. such a thing. 11. does not trouble himself about. 12. let alone (much less) the Regent. 13. on that which. 14. very clever. 15. hair is. 16. these gentry. 17. he should not give his confidence.

Jetter. Ungewaschen Maul[1]!

Vansen. Dem wollt' ich[2] eure Courage nur eine Stunde in die Glieder wünschen, daß sie ihm da Unruh machte und ihn so lange neckte und juckte[3], bis er aus der Stadt müßte.

Jetter. Ihr redet recht unverständig; er ist so sicher wie[4] der Stern am Himmel.

Vansen. Hast du nie einen sich schneuzen gesehen? Weg war er!

Zimmermeister. Wer will ihm denn etwas thun?

Vansen. Wer will? Willst du's etwa hindern? Willst du einen Aufruhr erregen, wenn sie ihn gefangen nehmen[5]?

Jetter. Ah!

Vansen. Wollt ihr eure Rippen für ihn wagen?

Soest. Eh!

Vansen (sie nachäffend). Jh! Oh! Uh! Verwundert euch durch's ganze Alphabet[6]. So ist's und bleibt's! Gott bewahre ihn!

Jetter. Ich erschrecke über eure Unverschämtheit. So ein edler, rechtschaffener Mann sollte was zu befürchten haben?

Vansen. Der Schelm sitzt überall im Vortheil[7]. Auf dem Armen=sünder=Stühlchen hat er den Richter zum Narren[8]; auf dem Richterstuhl macht er den Inquisiten mit Lust zum Verbrecher[9]. Ich habe so ein Protokoll abzuschreiben gehabt, wo der Commissarius schwer[10] Lob und Geld vom Hofe erhielt, weil er einen ehrlichen Teufel, an den man wollte[11], zum Schelmen verhört hatte.

Zimmermeister. Das ist wieder frisch gelogen[12]. Was wollen sie denn heraus verhören[13], wenn einer unschuldig ist?

Vansen. O Spatzenkopf! Wo nichts heraus zu verhören ist, da verhört man hinein[14]. Ehrlichkeit macht unbesonnen, auch wol trotzig. Da fragt man erst recht sachte weg[15], und der Gefangene ist stolz auf seine Unschuld, wie sie's heißen, und sagt alles gerad' zu[16], was ein Verständiger verbärge. Dann macht der Inquisitor aus den Antworten wieder Fragen, und paßt ja auf, wo irgend ein Widersprüchelchen erscheinen will; da knüpft er einen Strick an, und läßt sich der dumme Teufel betreten[17], daß er da etwas zu viel, dort etwas zu wenig gesagt, oder wol gar aus Gott weiß was für einer Grille einen Umstand verschwiegen hat[18], auch wol irgend an einem Ende sich hat schrecken lassen[19], dann sind wir auf dem rechten Wege! Und ich versichre euch, mit mehr Sorgfalt suchen die Bettelweiber nicht die Lumpen

---

1. abusive scoundrel! 2. I only wish he had. 3. tormented. 4. he is as safe as. 5. if they take him prisoner. 6. run through the alphabet in your wondering. 7. a rogue is always well off. 8. he makes a fool of the judge. 9. he takes pleasure in convicting the accused. 10. much. 11. against whom they had a grudge. 12. downright lying. 13. get out of a man. 14. they work it into him. 15. quite quietly. 16. and admits everything. 17. and if the poor devil lets himself be caught. 18. keep back some trifling circumstance. 19. give way to fear.

aus dem Kehricht, als so ein Schelmenfabrikant aus kleinen, schiefen, ver=
schobenen, verrückten, verdrückten, geschlossenen, geleugneten Anzeigen und
Umständen sich endlich einen strohlumpenen Vogelscheu zusammenkünstelt, um
wenigstens[1] seinen Inquisiten in effigie hängen zu können. Und Gott mag
der arme Teufel danken, wenn er sich noch kann hängen sehen[2].

Jetter. Der hat eine geläufige Zunge.

Zimmermeister. Mit Fliegen mag das angehen[3]. Die Wespen
lachen eures Gespinnstes.

Vansen. Nachdem die[4] Spinnen sind. Seht, der lange Herzog hat
euch so ein rein Ansehn von[5] einer Kreuzspinne, nicht einer dickbäuchigen, die
sind weniger[6] schlimm, aber so einer langfüßigen, schmalleibigen, die vom
Fraße nicht feist wird und recht dünne Fäden zieht, aber desto zähere[7].

Jetter. Egmont ist Ritter des goldnen Vließes; wer darf Hand an
ihn legen? Nur von seines Gleichen kann er gerichtet werden, nur vom ge=
sammten Orden. Dein loses Maul[8], dein böses Gewissen verführen dich zu
solchem Geschwätz.

Vansen. Will ich ihm darum übel[9]? Mir kann's recht sein[10]. Er
ist ein trefflicher Herr. Ein Paar meiner guten Freunde, die anderwärts schon
wären gehangen worden[11], hat er mit einem Buckel voll Schläge verabschiedet[12].
Nun geht! Geht! Ich rath' es euch selbst. Dort seh' ich wieder eine Runde
antreten; die sehen nicht aus, als wenn sie sobald Brüderschaft mit uns
trinken würden[13]. Wir wollen's abwarten, und nur sachte zusehen. Ich hab'
ein paar Nichten und einen Gevatter Schenkwirth; wenn sie von denen ge=
kostet haben, und werden dann nicht zahm, so sind es ausgepichte Wölfe.

Der Eulenburgische Palast. Wohnung des Herzogs von Alba.

Silva und **Gomez** begegnen einander[14].

Silva. Haft du die Befehle des Herzogs ausgerichtet?

Gomez. Pünktlich. Alle tägliche Runden sind beordert, zur bestimm=
ten Zeit an verschiedenen Plätzen einzutreffen, die ich ihnen bezeichnet habe;
sie gehen indeß, wie gewöhnlich, durch die Stadt, um Ordnung zu erhalten.
Keiner weiß von dem andern; jeder glaubt, der Befehl gehe ihn allein an[15],
und in einem Augenblick kann alsdann der Cordon gezogen und alle Zugänge
zum Palast können besetzt sein. Weißt du die Ursache dieses Befehls?

Silva. Ich bin gewohnt blindlings[16] zu gehorchen. Und wem ge=
horcht sich[17] leichter als dem Herzoge; da bald der Ausgang beweist, daß er
recht befohlen hat.

---

1. by means of which he may at least. 2. if he is able to see
himself hanged. 3. that may do for the flies. 4. according to the sort
of. 5. just the look of. 6. not so. 7. but all the tougher. 8. foul
tongue. 9. do I wish him ill on that account? 10. it is all the same
to me. 11. who would have been hanged anywhere else. 12. let off
with a thorough drubbing. 13. would fraternize with us over a glass.
14. meet. 15. the order concerns him alone. 16. blindly. 17. can one obey.

Gomez. Gut! Gut! Auch scheint es mir kein Wunder, daß du so verschlossen und einsylbig wirst, wie er, da du immer um ihn sein mußt. Mir kommt es fremd vor,[1] da ich den leichtern italienischen Dienst gewohnt bin. An Treue und Gehorsam bin ich der alte [2]; aber ich habe mir[3] das Schwätzen und Raisonniren angewöhnt. Ihr schweigt alle und laßt es euch nie wohl sein[4]. Der Herzog gleicht mir einem ehernen Thurm ohne Pforte, wozu[5] die Besatzung Flügel hätte. Neulich hört' ich ihn bei Tafel von einem frohen, freundlichen Menschen sagen, er sei wie eine schlechte Schenke mit einem ausgesteckten Branntwein-Zeichen, um Müßiggänger, Bettler und Diebe hereinzulocken.

Silva. Und hat er uns nicht schweigend[6] hierher geführt?

Gomez. Dagegen ist nichts zu sagen. Gewiß! Wer Zeuge seiner Klugheit war, wie er die Armee aus Italien hierher brachte, der hat was gesehen. Wie er sich durch Freund und Feind, durch die Franzosen, Königlichen und Ketzer, durch die Schweizer und Verbundenen gleichsam durchschmiegte[7], die strengste Mannszucht hielt und einen Zug[8], den man so gefährlich achtete, leicht und ohne Anstoß zu leiten wußte! — Wir haben was gesehen, was lernen können.

Silva. Auch hier[9]! Ist nicht alles still und ruhig, als wenn kein Aufstand gewesen wäre?

Gomez. Nun, es war auch schon meist still, als wir herkamen.

Silva. In den Provinzen ist es viel ruhiger geworden; und wenn sich noch einer bewegt, so ist es um zu entfliehen. Aber auch diesem wird er die Wege bald versperren, denk' ich.

Gomez. Nun wird er erst die[10] Gunst des Königs gewinnen.

Silva. Und uns bleibt nichts angelegener[11], als uns die seinige zu erhalten. Wenn der König hierher kommt, bleibt gewiß der Herzog und jeder, den er empfiehlt, nicht unbelohnt.

Gomez. Glaubst du, daß der König kommt?

Silva. Es werden so viele Anstalten gemacht[12], daß es höchst wahrscheinlich ist.

Gomez. Mich überreden sie nicht.

Silva. So rede wenigstens nicht davon. Denn wenn des Königs Absicht ja nicht sein sollte zu kommen, so ist sie's doch wenigstens gewiß, daß man es glauben soll.

Ferdinand (Alba's natürlicher Sohn, tritt auf). Ist mein Vater noch nicht heraus[13]?

Silva. Wir warten auf[14] ihn.

---

1. it appears strange to me. 2. the same as ever. 3. myself. 4. and are never at your ease. 5. of which. 6. in silence. 7. how he advanced warily through. 8. march. 9. here too. 10. that will certainly gain for him the. 11. and we can do nothing better. 12. so many arrangements are made. 13. abroad. 14. for.

Ferdinand. Die Fürsten werden bald hier sein.

Gomez. Kommen sie heute?

Ferdinand. Oranien und Egmont.

Gomez (leise zu Silva). Ich begreife etwas.

Silva. So behalt' es für dich.

Herzog von Alba tritt auf. (Wie er herein- und hervortritt, treten die andern zurück.)

Alba. Gomez!

Gomez (tritt vor.) Herr[1]!

Alba. Du hast die Wachen vertheilt und beordert?

Gomez. Auf's genaueste[2]. Die täglichen Runden —

Alba. Genug. Du wartest in der Galerie. Silva wird dir den Augenblick sagen[3], wenn du sie zusammenziehn, die Zugänge nach dem Palast besetzen sollst[4]. Das übrige[5] weißt du.

Gomez. Ja, Herr! (Ab.)

Alba. Silva.

Silva. Hier bin ich.

Alba. Alles, was ich von jeher[6] an[7] dir geschätzt habe, Muth, Entschlossenheit, unaufhaltsames Ausführen, das zeige heut.

Silva. Ich danke euch, daß ihr mir Gelegenheit gebt, zu zeigen, daß ich der alte bin.

Alba. Sobald die Fürsten bei mir[8] eingetreten sind, dann eile gleich Egmont's Geheimschreiber gefangen zu nehmen. Du hast alle Anstalten gemacht, die übrigen, die bezeichnet sind, zu fahen?

Silva. Vertrau' auf uns. Ihr Schicksal wird sie wie eine wohlberechnete Sonnenfinsterniß, pünktlich und schrecklich treffen[9].

Alba. Hast du sie genau beobachten lassen?

Silva. Alle; den Egmont vor andern. Er ist der einzige, der, seit du hier bist, sein Betragen nicht geändert hat. Den ganzen Tag von einem Pferd aufs andere, ladet Gäste, ist immer lustig und unterhaltend bei Tafel, würfelt, schießt und schleicht nachts[10] zum Liebchen. Die andern haben dagegen eine merkliche Pause in ihrer Lebensart gemacht; sie bleiben bei sich[11]; vor ihrer Thüre sieht's aus[12], als wenn ein Kranker im Hause wäre.

Alba. Drum rasch, eh sie uns wider Willen genesen.

Silva. Ich stelle sie. Auf deinen Befehl überhäufen wir sie mit dienstfertigen Ehren. Ihnen graut's[13]; politisch[14] geben sie uns einen ängstlichen Dank, fühlen, daß das Räthlichste sei, zu entfliehen; keiner wagt einen Schritt, sie zaudern, können sich nicht vereinigen, und einzeln etwas kühnes zu thun hält sie der Gemeingeist ab. Sie möchten sich gern[15] jedem Verdacht

---

1. mylord. 2. most accurately. 3. will tell you the moment. 4. are to. 5. the rest. 6. hitherto. 7. in. 8. my cabinet. 9. overtake. 10. steals by night. 11. at home. 12. it looks. 13. they fear. 14. cautiously. 15. they would gladly avoid all suspicion.

entziehen, und machen sich immer verdächtiger. Schon seh ich mit Freuden deinen ganzen Anschlag ausgeführt.

Alba. Ich freue mich nur über das Geschehene [1], und auch über das nicht leicht, denn es bleibt stets noch übrig [2], was uns zu denken und zu sorgen gibt [3]. Das Glück ist eigensinnig, oft das Gemeine, das Nichtswürdige zu adeln und wohlüberlegte Thaten mit einem gemeinen Ausgang zu entehren. Verweile, bis die Fürsten kommen; dann gib Gomez die Ordre, die Straßen zu besetzen, und eile selbst Egmont's Schreiber und die übrigen gefangen zu nehmen, die dir bezeichnet sind. Ist es gethan [4], so komm hieher und meld' es meinem Sohne, daß er mir in den Rath die Nachricht bringe.

Silva. Ich hoffe diesen Abend vor dir stehen zu dürfen [5]. (Alba geht nach seinem Sohne, der bisher in der Galerie gestanden. Leise.) Ich traue mir es nicht zu sagen [6]; aber meine Hoffnung schwankt [7]. Ich fürchte, es wird nicht werden, wie er denkt. Ich sehe Geister vor mir, die still und sinnend auf schwarzen Schalen [8] das Geschick der Fürsten und vieler Tausende wägen. Langsam wankt das Zünglein auf und ab; tief scheinen die Richter zu sinnen; zuletzt sinkt diese Schale, steigt jene, angehaucht vom Eigensinn des Schicksals, und entschieden ist's. (Ab.)

Alba (mit Ferdinand hervortretend). Wie fandst du die Stadt?

Ferdinand. Es hat sich alles gegeben [9]. Ich ritt, als wie zum Zeitvertreib, Straß' auf, Straß' ab. Eure wohlvertheilten Wachen halten die Furcht so angespannt [10], daß sie sich nicht zu lispeln untersteht. Die Stadt sieht einem Felde ähnlich [11], wenn das Gewitter von weitem leuchtet; man erblickt keinen Vogel, kein Thier, als das eilend nach [12] einem Schutzorte schlüpft.

Alba. Ist dir nichts weiter begegnet [13]?

Ferdinand. Egmont kam mit einigen auf den Markt geritten; wir grüßten uns [14]; er hatte ein rohes Pferd, das ich ihm loben mußte. „Laßt uns eilen Pferde zuzureiten, wir werden sie bald brauchen!" rief er mir entgegen [15]. Er werde mich noch heute wiedersehen, sagte er, und komme, auf euer Verlangen, mit euch zu rathschlagen.

Alba. Er wird dich wiedersehen.

Ferdinand. Unter allen Rittern, die ich hier kenne, gefällt er mir am besten. Es scheint, wir werden Freunde sein.

Alba. Du bist noch immer zu schnell und wenig behutsam; immer erkenn' ich in dir den Leichtsinn deiner Mutter, der mir sie unbedingt in die Arme lieferte. Zu mancher gefährlichen Verbindung lud dich der Anschein voreilig ein [16].

1. I rejoice only at what is done. 2. for there ever remain grounds. 3. to give us. 4. this done. 5. I hope I shall dare to appear before you. 6. I do not dare say it even to myself. 7. is staggered. 8. in ebon scales. 9. all is quiet. 10. so on the stretch. 11. looks like a field. 12. that is not stealing to. 13. has nothing else occurred. 14. exchanged greetings. 15. he called to me. 16. appearances have already allured you overhastily,

Ferdinand. Euer Wille findet mich bildsam.

Alba. Ich vergebe deinem jungen Blute dies leichtsinnige Wohlwollen, diese unachtsame Fröhlichkeit. Nur vergiß nicht, zu welchem Werke ich gesandt bin, und welchen Theil ich dir daran geben möchte.

Ferbinand. Erinnert mich und schont mich nicht, wo ihr es nöthig haltet.

Alba (nach einer Pause.) Mein Sohn!

Ferbinand. Mein Vater!

Alba. Die Fürsten kommen bald, Oranien und Egmont kommen. Es ist nicht Mißtrauen, daß ich dir erst[1] jetzt entdecke, was geschehen soll. Sie werden nicht wieder von hinnen gehen[2].

Ferbinand. Was sinnst du?

Alba. Es ist beschlossen sie festzuhalten. Du erstaunst! Was du zu thun hast, höre; die Ursachen sollst du wissen, wenn es geschehen ist. Jetzt bleibt keine Zeit sie auszulegen[3]. Mit dir allein wünsch' ich das Größte, das Geheimste[4] zu besprechen; ein starkes Band hält uns zusammengefesselt; du bist mir werth und lieb[5]; auf dich möcht' ich alles häufen[6]. Nicht die Gewohnheit zu gehorchen allein möcht' ich dir einprägen; auch den Sinn auszudrücken, zu befehlen, auszuführen wünsch' ich in dir fortzupflanzen; dir ein großes Erbtheil, dem Könige den brauchbarsten Diener zu hinterlassen; dich mit dem besten, was ich habe, auszustatten, daß du dich nicht schämen dürftest, unter deine Brüder zu treten.

Ferbinand. Was werd' ich dir nicht für diese Liebe schuldig, die du mir allein zuwendest, indem ein ganzes Reich vor dir zittert!

Alba. Nun höre, was zu thun ist[7]. Sobald die Fürsten eingetreten sind, wird jeder Zugang zum Palaste besetzt. Dazu hat Gomez die Ordre. Silva wird eilen, Egmont's Schreiber mit den Verdächtigsten gefangen zu nehmen. Du hältst die Wache am Thore und in den Höfen in Ordnung. Vor allen Dingen besetze diese Zimmer hierneben mit den sichersten Leuten; dann warte auf[8] der Galerie, bis Silva wiederkommt, und bringe mir irgend ein unbedeutend Blatt[9] herein, zum Zeichen[10], daß sein Auftrag ausgerichtet ist. Dann bleib' im Vorsaale, bis Oranien fortgeht; folg' ihm; ich halte Egmont hier, als ob ich ihm noch etwas zu sagen hätte. Am Ende der Gallerie forb're Oranien's Degen, rufe die Wache an, verwahre schnell den gefährlichen Mann; und ich fasse Egmont hier.

Ferbinand. Ich gehorche, mein Vater. Zum erstenmal[11] mit schwerem Herzen und mit Sorge[12].

Alba. Ich verzeihe dir's; es ist der erste große Tag, den du erlebst[13].

---

1. for the first time. 2. they will not again depart, go hence. 3. to unfold them. 4. the most secret matters. 5. dear and precious to me. 6. bestow. 7. what is to be done. 8. in. 9. some unimportant paper. 10. as a sign. 11. for the first time. 12. with heavy and anxious heart. 13. of your life.

Silva (tritt herein). Ein Bote von Antwerpen. Hier ist Oranien's Brief! Er kommt nicht.

Alba. Sagt' es der Bote?

Silva. Nein, mir sagt's das Herz.

Alba. Aus[1] dir spricht mein böser Genius. (Nachdem er den Brief gelesen[2], winkt er beiden, und sie ziehen sich in die Galerie zurück[3]. Er bleibt allein auf dem Vordertheile.) Er kommt nicht! Bis auf den letzten Augenblick verschiebt[4] er es, sich zu erklären. Er wagt es, nicht zu kommen! So war denn diesmal wider Vermuthen der Kluge klug genug, nicht klug zu sein[5]! — Es rückt die Uhr! Noch einen kleinen Weg des Zeigers, und ein großes Werk ist gethan oder versäumt, unwiederbringlich versäumt; denn es ist weder[6] nachzuholen noch zu verheimlichen. Längst hatt' ich alles reiflich abgewogen, und mir auch diesen Fall gedacht, mir festgesetzt was auch in diesem Falle zu thun sei; und jetzt, da es zu thun ist[7], wehr' ich mir kaum, daß nicht das Für und Wider mir auf's neue durch die Seele schwankt[8]. — Ist's räthlich, die andern zu fangen, wenn er mir entgeht? Schieb ich es auf[9] und laß Egmont mit den Seinigen[10], mit so vielen entschlüpfen, die nun, vielleicht nur heute noch, in meinen Händen sind? So zwingt dich das Geschick denn auch, du Unbezwinglicher? Wie lang gedacht! wie wohl bereitet! Wie groß, wie schön[11] der Plan! Wie nah die Hoffnung ihrem Ziele! Und nun im Augenblick des Entscheidens bist du zwischen zwei Uebel gestellt; wie in einen Loostopf, greifst du in die dunkle Zukunft; was du fassest, ist noch zugerollt, dir unbewußt, sei's Treffer oder Fehler[12]! (Er wird aufmerksam, wie einer, der etwas hört, und tritt ans Fenster.) Er ist es! — Egmont! Trug dich dein Pferd so leicht herein, und scheute vor[13] dem Blutgeruche nicht und vor dem Geiste mit dem blanken Schwert, der an der Pforte dich empfängt? — Steig' ab[14]! — So bist du mit dem einen Fuß im Grab! und so mit beiden! — Ja streichl' es nur, und klopfe für seinen muthigen Dienst zum letztenmale den Nacken ihm! Und mir[15] bleibt keine Wahl. In der Verblendung, wie hier Egmont naht, kann er dir nicht zum zweitenmal sich liefern[16]! — Hört! (Ferdinand und Silva treten eilig herbei.) Ihr thut, was ich befahl; ich änd're meinen Willen[17] nicht. Ich halte, wie es gehen will[18], Egmont auf, bis du mir von Silva die Nachricht gebracht hast. Dann bleib' in der Nähe. Auch dir raubt das Geschick das große Verdienst, des Königs größten Feind mit eigener Hand gefangen zu haben. (Zu Silva.)

---

1. in. 2. after reading the letter. 3. and they retire into the gallery. 4. to delay, mit *part. pres.* 5. the cautious man is sagacious enough to lay aside his caution. 6. for it is neither to be, mit *past. part.* 7. and now when I must act. 8. my mind from being distracted by conflicting doubts. 9. if I postpone it. 10. his friends. 11. admirable. 12. blank. 13. at. 14. dismount. 15. and for me. 16. cannot a second time deliver him into your hands. 17. I do not change my mind. 18. as best I may.

Eile! (Zu Ferdinand.) Geh ihm entgegen[1]. (Alba bleibt einige Augenblicke allein und geht schweigend[2] auf und ab.)

Egmont (tritt auf.) Ich komme, die Befehle des Königs zu vernehmen, zu hören, welchen Dienst er von uns'rer Treue verlangt, die ihm ewig ergeben bleibt.

Alba. Er wünscht vor allen Dingen[3] euren Rath zu hören.

Egmont. Ueber[4] welchen Gegenstand? Kommt Oranien auch? Ich vermuthete ihn hier[5]?

Alba. Mir thut es leid[6], daß er uns eben in dieser wichtigen Stunde fehlt. Euren Rath, eure Meinung wünscht der König, wie diese Staaten wieder zu befriedigen. Ja, er hofft, ihr werdet kräftig[7] mitwirken, diese Unruhen zu stillen und die Ordnung der Provinzen völlig und dauerhaft zu gründen.

Egmont. Ihr könnt[8] besser wissen, als ich, daß schon alles genug beruhigt ist, ja noch mehr beruhigt war, eh' die Erscheinung der neuen Soldaten wieder mit Furcht und Sorge die Gemüther bewegte.

Alba. Ihr scheint andeuten zu wollen, das Räthlichste sei gewesen[9], wenn der König mich gar nicht in den Fall[10] gesetzt hätte, euch zu fragen.

Egmont. Verzeiht. Ob der König das Heer hätte schicken sollen, ob nicht vielmehr die Macht seiner majestätischen Gegenwart allein stärker gewirkt hätte[11], ist meine Sache nicht zu beurtheilen[12]. Das Heer ist da, er nicht. Wir aber müßten sehr undankbar, sehr vergessen[13] sein, wenn wir uns nicht erinnerten, was wir der Regentin schuldig sind[14]. Bekennen wir, sie brachte durch ihr so kluges als tapferes Betragen[15] die Aufrührer mit Gewalt und Ansehn[16], mit Ueberredung und List zur Ruhe, und führte zum Erstaunen der Welt ein rebellisches Volk in wenigen Monaten zu seiner Pflicht zurück.

Alba. Ich leugne es nicht. Der Tumult ist gestillt, und jeder scheint in die Gränzen des Gehorsams zurückgebannt[17]. Aber hängt es nicht von eines jeden Willkür ab, sie zu verlassen? Wer will das Volk hindern[18] loszubrechen? Wo ist die Macht sie abzuhalten! Wer bürgt uns[19], daß sie sich ferner treu und unterthänig zeigen werden? Ihr guter Wille ist alles Pfand[20], das wir haben.

Egmont. Und ist der gute Wille eines Volks nicht das sicherste, das edelste Pfand? Bei Gott, wann darf sich ein König sicherer halten, als wenn sie alle für Einen, Einer für alle stehen? sicher gegen innere und äußere Feinde[21]?

---

1. go to meet him. 2. silently, in silence. 3. above all things. 4. upon. 5. I expected he was here. 6. I am sorry. 7. zealously. 8. should. 9. that it would have been most advisable. 10. in the position. 11. operated more powerfully. 12. it is not my business to judge. 13. forgetful. 14. what we owe the Regent. 15. by her conduct, as wise as it was brave. 16. authority. 17. forced back. 18. prevent the people from, mit *pres. part.* 19. who is our security. 20. is the only pledge. 21. foreign and domestic foes.

Alba. Wir werden uns doch nicht überreden sollen, daß es jetzt hier so steht?

Egmont. Der König schreibe einen General-Pardon aus [1], er beruhige die Gemüther; und bald wird man sehen, wie Treue und Liebe mit dem Zutrauen wieder zurückkehrt.

Alba. Und jeder, der die Majestät des Königs, der das Heiligthum der Religion geschändet, ginge frei und lebig hin und wieder [2]! lebte den andern zum bereiten Beispiel, daß ungeheure Verbrechen straflos sind!

Egmont. Und ist ein Verbrechen des Unsinns, der Trunkenheit nicht eher zu entschuldigen, als grausam zu bestrafen? Besonders wo so sichre Hoffnung, wo Gewißheit ist, daß die Uebel nicht wiederkehren werden? Waren Könige darum nicht sicherer? Werden sie nicht von Welt und Nachwelt gepriesen, die eine Beleidigung ihrer Würde vergeben, bedauern, verachten konnten? Werden sie nicht eben deswegen Gott gleich gehalten, der viel zu groß ist, als daß an ihn jede Lästerung reichen sollte?

Alba. Und eben darum [3] soll der König für [4] die Würde Gottes und der Religion, wir sollen für das Ansehen des Königs streiten. Was der Obere [5] abzulehnen verschmäht, ist unsere Pflicht zu rächen. Ungestraft soll, wenn ich rathe, kein Schuldiger sich freuen [6].

Egmont. Glaubst du, daß du sie alle erreichen wirst? Hört man nicht täglich, daß die Furcht sie hie- und dahin [7], sie aus dem Lande treibt? Die Reichsten werden ihre Güter, sich, ihre Kinder und Freunde flüchten; der Arme wird seine nützlichen Hände dem Nachbar zubringen.

Alba. Sie werden, wenn man sie nicht verhindern kann [8]. Darum verlangt der König Rath und That [9] von jedem Fürsten, Ernst von jedem Statthalter; nicht nur Erzählung, wie es ist, was werden könnte [10], wenn man alles gehen ließe, wie's geht. Einem großen Uebel zusehen, sich mit Hoffnung schmeicheln, der Zeit vertrauen, etwa einmal drein schlagen [11], wie im Fastnachtsspiel, daß es klatscht und man doch etwas zu thun scheint, wenn man nichts thun möchte, heißt das nicht [12], sich verdächtig machen, als sehe man dem Aufruhr mit Vergnügen zu, den man nicht erregen, wol aber hegen möchte [13]!

Egmont (im Begriff aufzufahren, nimmt sich zusammen [14], und spricht nach einer kleinen Pause gesetzt). Nicht jede Absicht ist offenbar, und manches Mannes Ansicht ist zu mißdeuten [15]. Muß man doch auch von allen Seiten hören, es sei des Königs Absicht weniger [16], die Provinzen nach einförmigen und klaren Gesetzen zu regieren, die Majestät der Religion zu sichern und

---

1. let the king issue a general amnesty. 2. to go about free and unchallenged. 3. and for that very reason. 4. should the king maintain. 5. supreme power. 6. no guilty man shall rejoice in his impunity. 7. hither and thither. 8. if they cannot be prevented. 9. aid. 10. what might (could) be. 11. to strike a blow. 12. is not that. 13. but would perhaps encourage. 14. restrains himself. 15. is misunderstood. 16. it is less the king's intention.

einen allgemeinen Frieden seinem Volke zu geben, als vielmehr sie unbedingt zu unterjochen, sie ihrer alten Rechte zu berauben, sich Meister von ihren Besitzthümern zu machen, die schönen Rechte[1] des Adels einzuschränken, um deretwillen[2] der Edle allein ihm dienen, ihm Leib und Leben widmen mag. Die Religion, sagt man, sei nur ein prächtiger Teppich, hinter dem man jeden gefährlichen Anschlag nur desto leichter ausdenkt. Das Volk liegt auf den Knien, betet die heiligen gewirkten Zeichen[3] an, und hinten lauscht der Vogelsteller, der sie berücken will.

Alba. Das muß ich von dir hören?

Egmont. Nicht meine Gesinnungen! Nur, was bald hier, bald da, von[4] Großen und von Kleinen, Klugen[5] und Thoren gesprochen, laut verbreitet wird. Die Niederländer fürchten ein doppeltes Joch, und wer bürgt ihnen für ihre Freiheit?

Alba. Freiheit? Ein schönes Wort, wer's recht verstände. Was wollen sie für Freiheit[6]? Was ist des Freiesten Freiheit? — Recht zu thun! — und daran wird sie der König nicht hindern. Nein! nein! sie glauben sich nicht frei, wenn sie sich nicht selbst und andern schaden können. Wäre es nicht besser abzudanken, als ein solches Volk zu regieren? Wenn auswärtige Feinde drängen, an die kein Bürger denkt, der mit dem Nächsten[7] nur beschäftigt ist, und der König verlangt Beistand, dann werden sie uneins unter sich, und verschwören sich gleichsam mit ihren Feinden. Weit besser ist's, sie einzuengen, daß man sie wie Kinder halten, wie Kinder zu ihrem Besten[8] leiten kann. Glaube nur[9], ein Volk wird nicht alt, nicht klug; ein Volk bleibt immer kindisch.

Egmont. Wie selten kommt[10] ein König zu Verstand! Und sollen sich viele nicht lieber vielen vertrauen als Einem? und nicht einmal dem Einen[11], sondern den wenigen des Einen, dem Volke, das an den Blicken[12] seines Herrn altert. Das hat wol allein[13] das Recht klug zu werden.

Alba. Vielleicht eben darum[14], weil es sich nicht selbst überlassen ist.

Egmont. Und darum niemand gern sich selbst überlassen möchte. Man thue, was man will[15]; ich habe auf deine Frage geantwortet und wiederhole: Es geht nicht[16]! Es kann nicht gehen[17]! Ich kenne meine Landsleute. Es[18] sind Männer, werth[19] Gottes Boden zu betreten; ein jeder rund für sich[20], ein kleiner König, fest, rührig fähig, treu, an alten Sitten hangend[21]. Schwer ist's ihr Zutrauen zu verdienen; leicht, zu erhalten. Starr[22] und fest! Zu drücken sind sie, nicht zu unterdrücken.

---

1. fair privileges. 2. on account of which, for the sake of which. 3. symbols. 4. by. 5. wise men. 6. what freedom do they want. 7. immediate interests. 8. for their own good. 9. believe me. 10. to attain. 11. and not even to one. 12. under the eyes. 13. they alone, it seems have. 14. perhaps for that very reason. 15. do what you will. 16. it will not do. 17. succeed. 18. they. 19. worthy. 20. each complete in itself. 21. attached to. 22. inflexible.

Alba (der sich indeß einigemal umgesehen hat [1].) Solltest du das alles in des Königs Gegenwart wiederholen?

Egmont. Desto schlimmer, wenn mich seine Gegenwart abschreckte! Desto besser für ihn [2], für sein Volk, wenn er mir Muth machte, wenn er mir Zutrauen einflößte, noch weit mehr zu sagen.

Alba. Was nützlich ist, kann ich hören, wie er [3].

Egmont. Ich würde ihm sagen: Leicht kann der Hirt eine ganze Heerde Schafe vor sich hintreiben, der Stier zieht seinen Pflug ohne Widerstand; aber dem edlen Pferde, das du reiten willst, mußt du seine Gedanken ablernen, du mußt nichts Unkluges [4], nichts unklug von ihm verlangen. Darum wünscht der Bürger seine alte Verfassung zu behalten, von seinen Landsleuten regiert zu sein, weil er weiß, wie er geführt wird, weil er von ihnen Uneigennutz, Theilnehmung an seinem Schicksal hoffen kann.

Alba. Und sollte der Regent nicht Macht haben, dieses alte Herkommen zu verändern? und sollte nicht eben dies [5] sein schönstes Vorrecht sein? Was ist bleibend [6] auf dieser Welt? Und sollte eine Staatseinrichtung bleiben können [7]? Muß nicht in einer Zeitfolge jedes Verhältniß sich verändern, und eben darum eine alte Verfassung die Ursache von tausend Uebeln werden, weil sie den gegenwärtigen Zustand des Volkes nicht umfaßt? Ich fürchte, diese alten Rechte sind darum so angenehm, weil sie Schlupfwinkel bilden, in welchen der Kluge, der Mächtige zum Schaden [8] des Volks, zum Schaden des Ganzen sich verbergen oder durchschleichen kann.

Egmont. Und diese willkürlichen Veränderungen, diese unbeschränkten Eingriffe der höchsten Gewalt, sind sie nicht Vorboten, daß Einer thun will, was Tausende nicht thun sollen? Er will sich allein frei machen, um jeden seiner Wünsche befriedigen, jeden seiner Gedanken ausführen zu können. Und wenn wir uns ihm, einem guten weisen Könige, ganz vertrauten, sagt er uns für seine Nachkommen gut [9], daß keiner ohne Rücksicht, ohne Schonung regieren werde? Wer rettet uns alsdann von völliger Willkür, wenn er uns seine Diener, seine Nächsten [10] sendet, die, ohne Kenntniß des Landes und seiner Bedürfnisse, nach Belieben schalten und walten, keinen Widerstand finden, und sich von jeder Verantwortung frei wissen [11].

Alba (der sich indeß wieder umgesehen hat). Es ist nichts natürlicher, als daß ein König durch sich zu herrschen gedenkt, und denen seine Befehle am liebsten aufträgt [12], die ihn am besten verstehen, verstehen wollen, die seinen Willen unbedingt ausrichten.

Egmont. Und eben so natürlich ist's, daß der Bürger von dem regiert sein will, der mit ihm geboren und erzogen ist, der gleichen Begriff mit ihm von Recht und Unrecht gefaßt hat, den er als seinen Bruder ansehen kann.

---

1. who has looked round. 2. all the better for him. 3. as well as he. 4. unreasonable. 5. and should not this very thing. 6. permanent. 7. remain unchanged. 8. to the detriment of. 9. does he give us any security for his progeny. 10. successors. 11. and know that they are free from every responsibility. 12. and that he prefers giving his orders to those.

Alba. Und doch hat der Adel mit diesen seinen Brüdern sehr un=
gleich getheilt.

Egmont. Das ist vor Jahrhunderten geschehen und wird jetzt ohne
Neid geduldet. Würden aber neue Menschen ohne Noth gesendet, die sich
zum zweitenmale auf Unkosten der Nation bereichern wollten, sähe man
sich[1] einer strengen, kühnen, unbedingten Habsucht ausgesetzt, das würde eine
Gährung machen, die sich nicht leicht in sich selbst auflös'te[2].

Alba. Du sagst mir, was ich nicht hören sollte; auch ich bin fremd[3].

Egmont. Daß ich dir's sage, zeigt dir, daß ich dich nicht meine.

Alba. Und auch so wünsch' ich es nicht von dir zu hören. Der
König sandte mich mit Hoffnung, daß ich hier den Beistand des Adels finden
würde. Der König will seinen Willen[4]. Der König hat nach tiefer Ueber=
legung gesehen, was dem Volke frommt; es kann nicht bleiben und gehen
wie bisher. Des Königs Absicht ist, sie selbst zu ihrem eigenen Besten[5] ein=
zuschränken, ihr eigenes Heil, wenn's sein muß, ihnen aufzubringen, die schäd=
lichen Bürger aufzuopfern, damit die übrigen Ruhe finden, des Glücks einer
weisen Regierung genießen können. Dies ist sein Entschluß; diesen dem
Adel kund zu machen[6], habe ich Befehl; und Rath verlang' ich in seinem
Namen, wie es zu thun sei, nicht was, denn das hat er beschlossen.

Egmont. Leider rechtfertigen deine Worte die Furcht des Volks, die
allgemeine Furcht! So hat er denn beschlossen, was kein Fürst beschließen
sollte. Die Kraft seines Volks, ihr Gemüth, den Begriff, den sie von sich
selbst haben, will er schwächen, niederdrücken, zerstören, um sie bequem re=
gieren zu können[7]. Er will den innern Kern ihrer Eigenheit[8] verderben; ge=
wiß in[9] der Absicht, sie glücklicher zu machen. Er will sie vernichten, damit
sie etwas werden[10], ein ander Etwas. O wenn seine Absicht gut ist, so wird
sie mißgeleitet! Nicht dem Könige widersetzt man sich[11]; man stellt sich nur
dem Könige entgegen[12], der einen falschen Weg zu wandeln die ersten un=
glücklichen Schritte macht.

Alba. Wie du gesinnt bist[13], scheint es ein vergeblicher Versuch uns
vereinigen zu wollen. Du denkst gering[14] vom Könige und verächtlich von
seinen Räthen, wenn du zweifelst, das alles sei nicht schon gedacht, geprüft,
gewogen worden. Ich habe keinen Auftrag jedes[15] Für und Wider noch
einmal durchzugehen. Gehorsam fordre ich von dem Volke — und von euch,
ihr Ersten, Edelsten, Rath und That, als Bürgen dieser unbedingten Pflicht.

Egmont. Fordre unsere Häupter, so ist es auf einmal[16] gethan. Ob

---

1. should the people see themselves exposed to. 2. that would not
be easily quelled. 3. I am also a stranger. 4. will have his will obeyed.
5. for their own good. 6. to proclaim this to the nobility. 7. in order
to govern them more easily. 8. the core of their individuality. 9. with.
10. that they may become something. 11. they do not oppose the king.
12. they but place themselves in the way of the king. 13. such being
your sentiments. 14. poorly. 15. everything. 16. at once.

ſich der Nacken dieſem Joche biegen, ob er ſich vor dem Beile bucken ſoll, kann einer edlen Seele gleich ſein[1]. Umſonſt hab' ich ſo viel geſprochen; die Luft hab' ich erſchüttert, weiter nichts gewonnen.

Ferdinand (kommt). Verzeiht, daß ich euer Geſpräch unterbreche. Hier iſt ein Brief, deſſen Ueberbringer die Antwort dringend macht[2].

Alba. Erlaubt mir, daß ich ſehe, was er enthält. (Tritt an die Seite[3].)

Ferdinand (zu Egmont). Es iſt ein ſchönes Pferd, das eure Leute gebracht haben, euch abzuholen.

Egmont. Es iſt nicht das ſchlimmſte. Ich hab' es ſchon eine Weile[4]; ich denk' es wegzugeben. Wenn es euch gefällt, ſo werden wir vielleicht des Handels einig[5].

Ferdinand. Gut, wir wollen ſehen.

(Alba winkt ſeinem Sohne, der ſich in den Hintergrund zurückzieht.)

Egmont. Lebt wohl! Entlaßt mich; denn ich wüßte, bei Gott! nicht mehr zu ſagen.

Alba. Glücklich hat dich der Zufall verhindert, deinen Sinn noch weiter zu verrathen[6]. Unvorſichtig entwickelſt du die Falten deines Herzens, und klagſt dich ſelbſt weit ſtrenger an[7], als ein Widerſacher gehäſſig thun könnte.

Egmont. Dieſer Vorwurf rührt[8] mich nicht; ich kenne mich ſelbſt genug und weiß wie ich dem Könige angehöre; weit mehr als viele, die in ſeinem Dienſt ſich ſelber dienen. Ungern ſcheid' ich aus dieſem Streite, ohne ihn beigelegt zu ſehen, und wünſche nur, daß uns der Dienſt des Herrn[9], das Wohl des Landes bald vereinigen möge. Es wirkt vielleicht ein wieder=holtes Geſpräch[10], die Gegenwart der übrigen Fürſten, die heute fehlen[11], in einem glücklichern Augenblick, was heut unmöglich ſcheint. Mit dieſer Hoffnung entfern' ich mich.

Alba (der zugleich ſeinem Sohn Ferdinand ein Zeichen giebt). Halt, Egmont! — Deinen Degen! — (Die Mittelthür öffnet ſich[12]; man ſieht die Galerie mit Wache beſetzt, die unbeweglich bleibt.)

Egmont (der ſtaunend eine Weile geſchwiegen[13]. Dies war die Ab=ſicht? Dazu haſt du mich berufen? (Nach dem Degen greifend, als wenn er ſich vertheidigen wollte.) Bin ich denn wehrlos?

Alba. Der König befiehlts, du biſt mein Gefangener. (Zugleich treten von beiden Seiten Gewaffnete[14] herein.)

Egmont (nach einer Stille[15]). Der König? — Oranien! Oranien! (Nach einer Pauſe, ſeinen Degen hingebend.) So nimm ihn! Er hat weit öfter des Königs Sache vertheidigt, als dieſe Bruſt beſchützt. (Er geht durch

---

1. is alike to a noble soul.   2. urgently demands.   3. steps aside.
4. I have had it for some time.   5. agree as to the price.   6. from further disclosing your sentiments.   7. and you accuse yourself much more severely.   8. disturb.   9. the king.   10. another conference.   11. who are not here to day.   12. opens.   13. after a pause of astonishment.
14. guards.   15. after a pause.

bie Mittelthür ab[1]; bie Gewaffneten, die im Zimmer ſind, folgen ihm; in=
gleichen Alba's Sohn. Alba bleibt ſtehen[2]. Der Vorhang fällt.)

Fünfter Aufzug.

Straße. Dämmerung.
Clärchen. Brackenburg. Bürger.

Brackenburg. Liebchen, um Gottes willen[3], was nimmſt du vor[4]?

Clärchen. Komm mit, Brackenburg! Du mußt[5] die Menſchen nicht
kennen; wir befreien ihn gewiß. Denn was gleicht ihrer Liebe zu ihm? Jeder
fühlt, ich ſchwör' es, in ſich die brennende Begier, ihn zu retten, die Gefahr
von[6] einem koſtbaren Leben abzuwenden und dem Freieſten die Freiheit wieder=
zugeben. Komm! Es fehlt nur an der Stimme[7], die ſie zuſammen ruft[8].
In ihrer Seele lebt noch ganz friſch[9], was ſie ihm ſchuldig ſind! Und daß
ſein mächtiger Arm allein von ihnen das Verderben abhält, wiſſen ſie. Um
ſeinet= und ihretwillen müſſen ſie alles wagen. Und was wagen wir? Zum
höchſten[10] unſer Leben, das zu erhalten nicht der Mühe werth iſt, wenn
er kommt.

Brackenburg. Unglückliche! Du ſiehſt nicht die Gewalt, die uns mit
ehrnen Banden[11] gefeſſelt hat.

Clärchen. Sie ſcheint mir nicht unüberwinblich. Laß uns nicht
lang' vergebliche Worte wechſeln. Hier kommen von[12] den alten, reblichen,
wackern Männern! Hört, Freunde! Nachbarn, hört! — Sagt, wie iſt es
mit Egmont[13]?

Zimmermeiſter. Was will das Kind[14]? Laß ſie ſchweigen!

Clärchen. Tretet näher, daß wir ſachte reden, bis wir einig ſind und
ſtärker. Wir dürfen nicht einen Augenblick verſäumen[15]! Die freche Tyrannei,
die es wagt, ihn zu feſſeln, zuckt ſchon[16] den Dolch, ihn zu ermorden. O
Freunde! mit jedem Schritt der[17] Dämmerung werd' ich ängſtlicher. Ich
fürchte dieſe Nacht. Kommt! wir wollen uns theilen; mit ſchnellem Lauf
von Quartier zu Quartier rufen wir die Bürger heraus. Ein jeder greife zu
ſeinen alten Waffen[18]. Auf dem Markte treffen wir uns wieder[19], und
unſer Strom reißt[20] einen Jeden mit ſich fort. Die Feinde ſehen ſich umringt
und überſchwemmt, und ſind erdrückt. Was kann uns eine Hand voll

---

1. he goes off through, exit through. 2. remains standing. 3. for
God's sake; in God's name. 4. what do you purpose. 5. cannot. 6.
from. 7. the voice alone is wanting. 8. to call them together. 9. in
their souls the memory is still fresh of. 10. at most. 11. bands of
iron. 12. here come some of. 13. how goes it with Egmont. 14. what
does the girl want? 15. we must not lose a moment. 16. already lifts.
17. with the advancing. 18. let each one seize his old arms. 19. we
will meet again. 20. will carry away.

Knechte widerstehen[1]? Und er in unserer Mitte[2] kehrt zurück, sieht sich befreit, und kann uns einmal danken, uns, die wir ihm so tief verschuldet worden. Er sieht vielleicht — gewiß er sieht das Morgenroth am freien Himmel wieder.

Zimmermeister. Wie ist dir[3], Mädchen?

Clärchen. Könnt ihr mich mißverstehen? Vom Grafen sprech' ich! Ich spreche von Egmont.

Jetter. Nennt[4] den Namen nicht! Er ist tödtlich.

Clärchen. Den Namen nicht! Wie? nicht diesen Namen? Wer nennt ihn nicht bei[5] jeder Gelegenheit? Wo steht er nicht geschrieben? In diesen Sternen hab' ich oft mit allen seinen Lettern ihn gelesen. Nicht nennen? Was soll das[6]? Freunde! Gute, theure Nachbarn, ihr träumt; besinnt euch. Seht mich nicht so starr und ängstlich an! Blickt nicht schüchtern hie und da bei Seite[7]. Ich ruf' euch ja nur zu, was jeder wünscht. Ist meine Stimme nicht eures Herzens eigne Stimme? Wer würfe sich in dieser bangen[8] Nacht, eh' er sein unruhvolles Bett besteigt, nicht auf die Knie, ihn mit ernstlichem Gebet vom Himmel zu erringen? Fragt euch einander! frage Jeder sich selbst! und wer spricht mir nicht nach[9]: „Egmont's Freiheit oder den Tod!"

Jetter. Gott bewahr uns! Da giebt's[10] ein Unglück.

Clärchen. Bleibt! Bleibt, und drückt euch nicht vor seinem Namen weg[11], dem ihr euch sonst so froh entgegendrängt[12]! — Wenn der Ruf ihn ankündigte, wenn es hieß[13]: „Egmont kommt! Er kommt von Gent!" da hielten die Bewohner der Straßen sich glücklich, durch die er reiten mußte[14]. Und wenn ihr seine Pferde schallen hörtet, warf Jeder seine Arbeit hin[15], und über die bekümmerten Gesichter, die ihr durch's Fenster stecktet, fuhr[16] wie ein Sonnenstrahl von seinem Angesichte ein Blick der Freude und Hoffnung. Da hobt ihr eure Kinder auf der Thürschwelle in die Höhe und deutetet ihnen: „Sieh, das ist Egmont, der größte da! Er ist's! Er ist's, von dem ihr bessere Zeiten, als eure armen Väter lebten[17], einst zu erwarten habt." Laßt eure Kinder nicht dereinst euch fragen: „Wo ist er hin? Wo sind die Zeiten hin[18], die ihr verspracht?" — Und so wechseln wir Worte[19]! sind müßig, verrathen ihn.

Soest. Schämt euch[20], Brackenburg. Laßt sie nicht gewähren[21]! Steuert dem Unheil!

Brackenburg. Liebes Clärchen! wir wollen gehen! Was wird die Mutter sagen? Vielleicht —

---

1. what resistance can a handful of servants offer us. 2. in the midst of us. 3. what is the matter with you. 4. speak. 5. on. 6. what does that mean. 7. aside. 8. fearful. 9. and who does not repeat after me. 10. this is. 11. and go not away at. 12. pressed forward so joyfully. 13. when the cry was. 14. he was to ride. 15. away. 16. passed. 17. have known. 18. the better times. 19. waste the time in words. 20. shame on you. 21. run on thus.

Clärchen. Meinst du, ich sei ein Kind, oder wahnsinnig? Was kann vielleicht? — Von dieser schrecklichen Gewißheit bringst du mich mit keiner Hoffnung weg [1]. — Ihr sollt mich hören, und ihr werdet: denn ich seh's, ihr seid bestürzt [2] und könnt euch selbst in eurem Busen nicht wiederfinden. Laßt durch die gegenwärtige Gefahr nur Einen Blick in das Vergangene [3] · das kurz Vergangne. Wendet eure Gedanken nach der Zukunft. Könnt ihr denn leben? werdet ihr, wenn er zu Grunde geht [4]? Mit seinem Athem flieht der letzte Hauch der Freiheit. Was war er euch? Für wen übergab er sich der dringendsten [5] Gefahr? Seine Wunden flossen und heilten nur für euch. Die große Seele, die euch alle trug [6], beschränkt ein Kerker, und Schauer tückischen Mordes [7] schweben um sie her. Er denkt vielleicht an [8] euch, er hofft auf [9] euch, er, der nur zu geben, nur zu erfüllen gewohnt war.

Zimmermeister. Gevatter kommt.

Clärchen. Und ich habe nicht Arme, nicht Mark [10] wie ihr; doch hab' ich, was euch Allen fehlt [11], Muth und Verachtung der [12] Gefahr. Könnt' [13] euch mein Athem doch entzünden! könnt' ich an meinen Busen drückend euch erwärmen und beleben! Kommt! In eurer Mitte will ich gehen! — Wie eine Fahne wehrlos ein edles Heer von Kriegern wehend anführt, so soll mein Geist um eure Häupter flammen, und Liebe und Muth das schwankende [14], zerstreute Volk zu einem fürchterlichen Heer vereinigen.

Jetter. Schaff' sie bei Seite; sie dauert mich [15]. (Bürger ab.)

Brackenburg. Clärchen! siehst du nicht, wo wir sind?

Clärchen. Wo? unter dem Himmel, der so oft sich herrlicher zu wölben schien, wenn der Edle [16] unter ihm herging. Aus diesen Fenstern haben sie herausgesehen [17], vier, fünf Köpfe übereinander; an [18] diesen Thüren haben sie gescharrt [19] und genickt, wenn er auf die Memmen herabsah. O ich hatte sie so lieb [20], wie sie ihn ehrten! Wäre er Tyrann gewesen, möchten sie immer vor seinem Fall seitwärts gehn. Aber sie liebten ihn! — O ihr Hände, die ihr an [21] die Mützen grifft, zum Schwert könnt ihr nicht greifen! — Brackenburg, und wir? — Schelten wir sie? — Diese Arme, die ihn so oft festhielten, was thun sie für ihn? — List hat in der Welt so viel erreicht. — Du kennst Wege und Stege [22], kennst das alte Schloß. Es ist nichts unmöglich, gieb mir einen Anschlag.

Brackenburg. Wenn wir nach Hause gingen [23]!

Clärchen. Gut.

Brackenburg. Dort an der Ecke seh' ich Alba's Wache; laß doch

---

1. with no vain hope can you hide from me this dreadful certainty. 2. you are confused. 3. into the past. 4. if he perishes. 5. direst. 6. that upheld you all. 7. and the terrors of secret murder. 8. of. 9. in. 10. strength. 11. what you all want. 12. of. 13. would that. 14. wavering. 15. I pity her; she grieves me. 16. the noble Egmont. 17. they have looked forth. 18. at. 19. they have stood scraping. 20. I loved them so. 21. with which you. 22. and passages 23. let us go.

die Stimme der Vernunft dir zu Herzen bringen. Hältst du mich für feig[1]? Glaubst du nicht, daß ich um deinetwillen sterben könnte? Hier sind wir beide toll, ich so gut wie du[2]. Siehst du nicht das Unmögliche[3]? Wenn du dich faßtest! Du bist außer dir[4].

Clärchen. Außer mir! Abscheulich! Brackenburg, ihr seid außer euch. Da ihr laut[5] den Helden verehrtet, ihn Freund und Schutz und Hoffnung nanntet, ihm Vivat rieft[6], wenn er kam; da stand ich in meinem Winkel, schob das Fenster halb auf, verbarg mich lauschend, und das Herz schlug mir höher[7] als euch Allen. Jetzt schlägt mir's wieder höher als euch Allen! Ihr verbergt euch, da es Noth ist[8], verläugnet ihn, und fühlt nicht, daß ihr untergeht, wenn er verdirbt.

Brackenburg. Kommt nach Hause[9]!

Clärchen. Nach Hause?

Brackenburg. Besinne dich nur! Sieh dich um[10]! Dies sind die Straßen, die du nur sonntäglich betratst[11], durch die du sittsam nach der Kirche gingst, wo du übertrieben ehrbar zürntest[12], wenn ich mit einem freundlichen, grüßenden Wort mich zu dir gesellte. Du stehst und redest, handelst vor den Augen der offenen[13] Welt; besinne dich, Liebe! Wozu hilft es uns[14].

Clärchen. Nach Hause! Ja, ich besinne mich[15]. Komm, Brackenburg, nach Hause! Weißt du, wo meine Heimath ist? (Ab.)

(Gefängniß durch eine Lampe erhellt, ein Ruhebett im Grunde.)

Egmont (allein). Alter Freund! immer getreuer Schlaf, fliehst du mich auch, wie die übrigen[16] Freunde? Wie willig senktest du dich auf mein freies Haupt herunter, und kühltest, wie ein schöner Myrthenkranz der Liebe, meine Schläfe[17]! Mitten unter Waffen[18], auf der Woge des Lebens, ruht' ich leicht athmend, wie ein aufquellender[19] Knabe, in deinen Armen. Wenn Stürme durch Zweige und Blätter saus'ten, Ast und Wipfel sich knirrend bewegten[20], blieb innerst doch der Kern[21] des Herzens ungeregt. Was schüttelt dich nun? was erschüttert den festen, treuen Sinn? Ich fühl's, es ist der Klang der Mordart, die an meiner Wurzel nascht. Noch steh' ich aufrecht[22], und ein innerer Schauer durchfährt mich. Ja, sie überwindet, die verrätherische Gewalt; sie untergräbt den festen, hohen Stamm, und eh' die Rinde dorrt, stürzt krachend und zerschmetternd deine Krone.

Warum denn jetzt, der du so oft gewalt'ge[23] Sorgen gleich Seifenblasen dir vom Haupte[24] weggewiesen, warum vermagst du nicht[25] die Ahnung zu verscheuchen, die tausendfach in dir sich auf- und niedertreibt[26]? Seit wann

---

1. do you think I am a coward. 2. I as well as you. 3. that it is impossible. 4. you are out of your senses. 5. loudly. 6. shouted. 7. and my heart beat higher. 8. when there is need. 9. home. 10. look about you. 11. appear in. 12. where, over-decorous perhaps, you were angry. 13. the whole. 14. what good will it do us. 15. I remember. 16. like my other. 17. temples. 18. in the midst of weapons. 19. growing. 20. swung creaking in the blast. 21. the inmost core. 22. still am I upright. 23. weighthy. 24. brow. 25. why canst thou not. 26. haunts thee.

begegnet der Tod dir fürchterlich [1]? mit deſſen wechſelnden Bildern, wie mit den übrigen Geſtalten der gewohnten [2] Erde, du gelaſſen lebteſt. — Auch iſt er's nicht [3], der raſche Feind, dem [4] die geſunde Bruſt wetteifernd ſich ent= gegenſehnt [5]; der Kerker iſt's, des Grabes Vorbild, dem Helden wie dem Feigen widerlich. Unleiblich ward mir's ſchon auf meinem gepolſterten Stuhle, wenn in ſtaatlicher Verſammlung die Fürſten, was leicht zu ent= ſcheiden war [6], mit wiederkehrenden Geſprächen überlegten [7], und zwiſchen düſtern Wänden eines Saals die Balken der Decke mich erdrückten. Da eilt' ich fort, ſobald es möglich war, und raſch aufs Pferd mit tiefem Athemzuge. Und friſch hinaus, da wo wir hingehören! ins Feld, wo aus der Erde dampfend [8] jede nächſte Wohlthat der Natur [9], und durch die Himmel wehend alle Segen der Geſtirne uns umwittern [10]; wo wir, dem erdgebornen Rieſen gleich, von [11] der Berührung unſerer Mutter kräftiger uns in die Höhe reißen [12]; wo wir die Menſchheit ganz, und menſchliche Begier in allen Adern fühlen; wo das Verlangen vorzudringen, zu beſiegen, zu erhaſchen, ſeine Fauſt zu brauchen [13], zu beſitzen, zu erobern, durch die Seele des jungen Jägers glüht; wo der Soldat ſein angebornes Recht auf [14] alle Welt mit raſchem Schritt ſich anmaßt, und in [15] fürchterlicher Freiheit wie ein Hagelwetter durch Wieſe, Feld und Wald verderbend ſtreicht, und keine Gränzen kennt, die Menſchen= hand gezogen [16].

Du biſt nur Bild, Erinnerungstraum des Glücks, das ich ſo lang' be= ſeſſen; wo hat dich das Geſchick verrätheriſch hingeführt [17]? Verſagt es dir den nie geſcheuten Tod vorm Angeſicht der Sonne [18] raſch zu gönnen, um dir des Grabes Vorgeſchmack im eklen Moder zu bereiten? Wie haucht er mich aus [19] dieſen Steinen widrig an! Schon ſtarrt [20] das Leben, vor dem Ruhe= bette wie vor dem Grabe ſcheut der Fuß.

O Sorge! Sorge! die du vor der Zeit den Mord beginnſt, laß ab [21]! — Seit wann iſt Egmont denn allein, ſo ganz allein in dieſer Welt? Dich macht der Zweifel fühllos, nicht das Glück. Iſt die Gerechtigkeit des Königs, der du lebenslang [22] vertrauteſt, iſt der Regentin Freundſchaft, die faſt (du darfſt es dir geſtehen), faſt Liebe war, ſind ſie auf einmal, wie ein glänzend Feuerbild [23] der Nacht, verſchwunden? und laſſen dich allein auf dunkelm Pfad zurück? Wird an der Spitze [24] deiner Freunde Oranien nicht wagend ſinnen [25]? Wird nicht ein [26] Volk ſich ſammeln und mit anſchwellender [27] Ge= walt den alten Freund erretten?

---

1. since when has death appeared to you as a dreadful thing? 2. familiar. 3. and it is not he. 4. against whom. 5. longs to contend. 6. what was easy to decide. 7. deliberated. 8. where exhaling from the earth. 9. nature's richest treasures are poured forth around us. 10. the stars shed down their blessings through the still air. 11. by. 12. we spring aloft. 13. to make his strength felt. 14. over. 15. with. 16. traced by the hand of man. 17. treacherous fate conducted thee. 18. in the face of the sun; in open day. 19. how revolting it exhales from. 20. stagnates. 21. cease. 22. through life. 23. meteor. 24. at the head. 25. hazard some scheme. 26. the. 27. gathering.

O haltet, Mauern, die ihr mich einschließt, so vieler Geister wohl=
gemeintes Drängen[1] nicht von mir ab[2]; und welcher Muth aus meinen
Augen sonst sich über sie ergoß[3], der kehre nun aus ihren Herzen in meines
wieder. O ja, sie rühren sich zu Tausenden[4]! sie kommen! stehen mir zur
Seite[5]! Ihr frommer Wunsch eilt dringend zu dem Himmel, er bittet um
ein Wunder. Und steigt zu[6] meiner Rettung nicht ein Engel nieder, so seh'
ich sie nach Lanz' und Schwertern greifen. Die Thore spalten sich[7], die Gitter
springen, die Mauer stürzt von ihren Händen ein[8], und der Freiheit des ein=
brechenden Tages steigt Egmont fröhlich entgegen[9]. Wie manch bekannt Ge=
sicht empfängt mich jauchzend! Ach Clärchen, wärst du Mann, so seh' ich
ich dich gewiß auch hier zuerst und dankte dir, was einem Könige zu danken
hart ist[10], Freiheit.

Clärchen's Haus.

Clärchen kommt mit einer Lampe und einem Glas Wasser aus der Kammer;
sie setzt das Glas auf den Tisch und tritt ans Fenster.

Brackenburg? Seid ihr's? Was hört' ich denn? noch Niemand?
Es war Niemand! Ich will die Lampe ins Fenster setzen, daß er sieht, ich
wache noch[11], ich warte noch auf ihn[12]. Er hat mir Nachricht versprochen.
Nachricht? Entsetzliche Gewißheit! — Egmont verurtheilt! — Welch Gericht
darf ihn fordern? und sie verdammen ihn! Der König verdammt ihn? oder
der Herzog? Und die Regentin entzieht[13] sich! Oranien zaudert, und alle
seine Freunde! — — Ist dies die Welt, von deren Wankelmuth, Unzu=
verlässigkeit ich viel gehört und nichts empfunden habe? Ist dies die Welt?
— Wer wäre bös' genug, den Theuern[14] anzufeinden? Wäre Bosheit
mächtig genug, den allgemein Erkannten schnell zu stürzen? Doch ist es so
— es ist! — O Egmont, sicher hielt ich dich vor Gott und Menschen, wie
in meinen Armen! Was war ich dir? Du hast mich dein genannt, mein
ganzes Leben widmete ich deinem Leben. — Was bin ich nun? Vergebens
streck' ich nach der Schlinge, die dich faßt[15], die Hand aus. Du hülflos und
ich frei! — Hier ist der Schlüssel zu meiner Thür. An meiner Willkür hängt
mein Gehen und mein Kommen, und dir bin ich zu nichts[16]! — — O
bindet mich, damit ich nicht verzweifle; und werft mich in den tiefsten Kerker,
daß ich das Haupt an feuchte Mauern schlage, nach Freiheit winsle, träume,
wie[17] ich ihm helfen wollte, wenn Fesseln mich nicht lähmten, wie ich ihm
helfen würde. — Nun bin ich frei, und in der Freiheit liegt die Angst der
Ohnmacht. — Mir selbst bewußt[18], nicht fähig ein Glied nach seiner Hülfe

---

1. zeal. 2. separate me not from. 3. with which my glance formerly inspired them. 4. they move by thousands. 5. assist me. 6.
for. 7. are forced. 8. falls by their hands. 9. and Egmont advances
joyously to meet the. 10. for what it is hard to thank a king. 11. I
am still awake. 12. I am still waiting for him. 13. withdraws. 14.
to one so dear. 15. the toils that environ thee. 16. and to aid thee I
am powerless. 17. how. 18. conscious of my own existence.

zu rühren. Ach leider, auch der kleinste Theil von deinem Wesen, dein Clär=
chen, ist wie du gefangen[1], und regt getrennt im Todeskrampfe nur die letzten
Kräfte. — Ich höre schleichen, husten[2] — Brackenburg — er ist's! — Elen=
der guter Mann, dein Schicksal bleibt sich immer gleich[3], dein Liebchen öffnet
dir die nächtliche Thür, und ach, zu welch unseliger Zusammenkunft!

Brackenburg tritt auf.

Clärchen. Du kommst so bleich und schüchtern, Brackenburg!
was ist's[4]?

Brackenburg. Durch Umwege und Gefahren such' ich dich auf.
Die großen[5] Straßen sind besetzt; durch Gäßchen und durch Winkel hab' ich
mich zu dir gestohlen.

Clärchen. Erzähl', wie ist's[6]?

Brackenburg (indem er sich setzt). Ach Cläre, laß mich weinen. Ich
liebt' ihn nicht. Er war der reiche Mann und lockte des Armen einziges
Schaf zur bessern Weide herüber. Ich hab' ihn nie verflucht; Gott hat mich
treu geschaffen und weich[7]. In Schmerzen floß mein Leben vor mir nieder[8],
und zu verschmachten hofft' ich jeden Tag.

Clärchen. Vergiß das, Brackenburg! Vergiß dich selbst. Sprich mir
von ihm! Ist's wahr! Ist er verurtheilt?

Brackenburg. Er ist's[9]! ich weiß es ganz genau[10].

Clärchen. Und lebt noch?

Brackenburg. Ja, er lebt noch.

Clärchen. Wie willst du das versichern[11]? — Die Tyrannei er=
mordet in der Nacht den Herrlichen[12]! vor allen Augen verborgen[13] fließt
sein Blut. Aengstlich im Schlafe liegt das betäubte Volk und träumt von
Rettung, träumt ihres ohnmächtigen Wunsches Erfüllung, indeß unwillig über
uns sein Geist die Welt verläßt. Er ist dahin[14]? — Täusche mich nicht!
dich nicht!

Brackenburg. Nein, gewiß, er lebt! — Und leider es bereitet der
Spanier dem[15] Volke, das er zertreten will, ein fürchterliches Schauspiel,
gewaltsam jedes Herz, das nach Freiheit sich regt[16], auf ewig[17] zu zerknirschen.

Clärchen. Fahre fort[18] und sprich gelassen auch mein Todesurtheil
aus[19]! Ich wandle den seligen Gefilden schon näher und näher[20], mir weht
der Trost aus jenen Gegenden des Friedens[21] schon herüber. Sag' an[22].

Brackenburg. Ich konnt es an[23] den Wachen merken, aus Reden,
die bald da bald dort fielen, daß auf dem Markte geheimnißvoll ein Schreck=

1. a captive. 2. a stealthy step, a cough. 3. thy fate remains
always the same. 4. what is the matter? 5. principal. 6. how goes
it? 7. with a faithful and tender heart. 8. my life was consumed in.
9. he is! 10. quite well. 11. how can you assure that. 12. the glorious Egmont. 13. hidden from all eyes. 14. he is gone. 15. for the.
16. that strives for freedom. 17. for ever. 18. go on. 19. and pronounce my judgement calmly. 20. I approach the holy fields nearer and
nearer. 21. from those realms of peace. 22. say on. 23. by.

niß zubereitet werde. Ich schlich durch Seitenwege, durch bekannte Gänge nach meines Vetters Hause und sah aus einem Hinterfenster auf[1] dem Markte. — Es wehten Fackeln[2] in einem weiten Kreise spanischer Soldaten hin und wieder. Ich schärfte[3] mein ungewohntes Auge, und aus der Nacht stieg mir ein schwarzes Gerüst entgegen, geräumig, hoch; mir graus'te vor dem Anblick[4]. Geschäftig waren viele rings umher bemüht[5], was noch von Holzwerk weiß und sichtbar war[6], mit schwarzem Tuch einhüllend zu verkleiden. Die Treppen deckten sie zuletzt auch schwarz, ich sah es wohl. Sie schienen die Weihe eines gräßlichen Opfers vorbereitend zu begehen. Ein weißes Crucifix, das durch die Nacht wie Silber blinkte, ward an der einen Seite hoch aufgesteckt. Ich sah, und sah die schreckliche Gewißheit immer gewisser. Noch wankten Fackeln hie und da herum; allmälig[7] wichen sie und erloschen. Auf einmal war die scheußliche Geburt der Nacht in ihrer Mutter Schooß zurückgekehrt.

Clärchen. Still[8], Brackenburg! Nun still[9]! Laß diese Hülle auf meiner Seele ruhn. Verschwunden sind die Gespenster, und du, holde Nacht, leih' deinen Mantel der Erde, die in sich gährt[10]; sie trägt nicht länger die abscheuliche Last, reißt ihre tiefen Spalten grausend auf[11] und knirscht das Mordgerüst hinunter. Und irgend einen Engel sendet der Gott[12], den sie zum Zeichen ihrer Wuth geschändet[13]; vor[14] des Boten heiliger Berührung lösen sich[15] Riegel und Bande[16], und er umgießt[17] den Freund mit mildem Schimmer; er führt ihn durch die Nacht zur Freiheit sanft und still. Und auch mein Weg geht heimlich in dieser Dunkelheit ihm zu begegnen.

Brackenburg (sie aufhaltend). Mein Kind, wohin? Was wagst du?

Clärchen. Leise[18], Lieber, daß Niemand erwache! daß wir uns selbst nicht wecken! Kennst du dies Fläschchen, Brackenburg? Ich nahm dir's scherzend[19], als du mit übereiltem Tod oft ungeduldig drohtest. — Und nun, mein Freund —

Brackenburg. In aller Heiligen Namen! —

Clärchen. Du hinderst nichts[20]. Tod ist mein Theil[21]! und gönne mir den sanften, schnellen Tod, den du dir selbst bereitetest. Gieb mir deine Hand! — Im Augenblick, da ich die dunkle Pforte eröffne, aus der[22] kein Rückweg ist, könnt' ich mit diesem Händedruck dir sagen, wie sehr ich dich geliebt, wie sehr ich dich bejammert. Mein Bruder starb mir jung; dich wählt' ich, seine Stelle zu ersetzen. Es widersprach dein Herz und quälte sich und mich, verlangtest heiß und immer heißer[23], was dir nicht beschieden war.

---

1. into. 2. torches waved. 3. strained. 4. I shuddered at the sight. 5. many were busily occupied. 6. all the woodwork which was yet white and visible. 7. by degrees. 8. hush. 9. be still. 10. to the inwardly fermenting earth. 11. she rends open her yawning chasms. 12. and may God. 13. whom in their rage they have insulted, send some angel. 14. at. 15. are loosened. 16. bars. 17. pours around. 18. softly. 19. in jest. 20. you cannot prevent it. 21. portion. 22. from which. 23. demanding with increasing fervour.

Vergieb mir und leb' wohl! Laß mich dich Bruder nennen! Es ist ein Name,
der viel Namen in sich faßt[1]. Nimm die letzte schöne Blume der Scheiden=
den[2] mit treuem Herzen ab — nimm diesen Kuß! — Der Tod vereinigt
alles, Brackenburg; uns denn auch.

Brackenburg. So laß mich mit dir sterben! Theile[3]! Theile! Es[4]
ist genug, zwei Leben auszulöschen.

Clärchen. Bleib'! Du sollst leben, du kannst leben. — Steh' meiner
Mutter bei[5], die ohne dich in Armuth sich verzehren würde[6]. Sei ihr[7], was
ich ihr nicht mehr sein kann; lebt zusammen, und beweint mich. Beweint
das Vaterland und den, der es allein erhalten konnte[8]. Das heutige Ge=
schlecht wird diesen Jammer nicht los[9]; die Wuth der Rache selbst vermag
ihn nicht zu tilgen[10]. Lebt, ihr Armen, die Zeit noch hin[11], die keine Zeit
mehr ist. Heut steht die Welt auf einmal still; es stockt ihr Kreislauf, und
mein Puls schlägt kaum noch wenige Minuten. Leb' wohl!

Brackenburg. O lebe du mit uns, wie wir für dich allein! Du
tödtest uns in dir[12], o leb' und leide. Wir wollen unzertrennlich dir zu
beiden Seiten[13] stehen, und immer achtsam soll die Liebe den schönsten[14]
Trost in ihren lebendigen Armen dir bereiten. Sei unser! unser! Ich darf
nicht sagen mein..

Clärchen. Leise, Brackenburg! Du fühlst nicht, was du rührst[15].
Wo Hoffnung dir erscheint, ist mir Verzweiflung.

Brackenburg. Theile mit den Lebendigen die Hoffnung! Verweil'
am Rande des Abgrunds, schau hinab und sieh auf uns zurück[16].

Clärchen. Ich hab' überwunden; ruf' mich nicht wieder zum Streit[17].

Brackenburg. Du bist betäubt; gehüllt in Nacht, suchst du die Tiefe.
Noch ist nicht jedes Licht erloschen, noch mancher Tag! —

Clärchen. Weh! über dich Weh! Weh! Grausam zerreißest du den
Vorhang[18] vor meinem Auge. Ja, er wird grauen, der Tag! vergebens alle
Nebel nun sich ziehn und wider Willen grauen! Furchtsam schaut der Bürger
aus seinem Fenster, die Nacht läßt einen schwarzen Flecken zurück; er schaut,
und fürchterlich wächs't im Licht das Mordgerüst. Neuleidend[19] wendet[20]
das entweihte Gottesbild sein flehend Auge zum Vater auf. Die Sonne
wagt sich nicht hervor[21]; sie will die Stunde nicht bezeichnen, in der er sterben
soll. Träge gehen die Zeiger ihren Weg, und eine Stunde nach der andern
schlägt. Halt! Halt! Nun ist es Zeit! mich scheucht des Morgens Ahnung in
das Grab. (Sie tritt ans Fenster, als sähe sie sich um, und trinkt heimlich.)

Brackenburg. Cläre! Cläre!

---

1. embraces. 2. fair token of a departing spirit. 3. share it. 4.
there. 5. assist my mother. 6. would waste away in. 7. be to her.
8. and the only one who could have saved it. 9. will not be free from.
10. cannot destroy it. 11. through this time. 12. thyself. 13. on both
sides. 14. sweetest. 15. what chord you touch. 16. and look back on
us. 17. to the struggle. 18. the veil from. 19. with new anguish. 20.
lifts. 21. does not venture forth.

Clärchen (geht nach dem Tisch und trinkt das Wasser.) Hier ist der Rest! Ich locke dich nicht nach. Thu', was du darfst, leb' wohl. Lösche diese Lampe still und ohne Zaudern; ich geh' zur Ruhe. Schleiche dich sachte weg[1], ziehe[2] die Thür nach dir zu. Still! Wecke meine Mutter nicht! Geh! Rette dich! rette dich! wenn du nicht mein Mörder scheinen willst. (Ab.)

Brackenburg. Sie läßt mich zum letztenmale, wie immer. O könnte eine Menschenseele fühlen, wie sie ein liebend Herz zerreißen[3] kann. Sie läßt mich stehen, mir selber überlassen[4]; und Tod und Leben ist mir gleich[5] verhaßt. — Allein zu sterben! — Weint, ihr Liebenden! Kein härter Schicksal ist als meins! Sie theilt mit mir den Todestropfen[6], und schickt mich weg! von ihrer Seite weg! Sie zieht mich nach, und stößt[7] ins Leben mich zurück. O Egmont, welch preiswürdig Loos fällt dir[8]! Sie geht voran; der Kranz des Siegs aus ihrer Hand ist dein, sie bringt den ganzen Himmel dir entgegen! — Und soll ich folgen? wieder seitwärts stehn? den unauslöschlichen Neid in jene Wohnungen hinübertragen? — Auf Erden ist kein Bleiben mehr für mich[9], und Höll' und Himmel bieten gleiche Qual. Wie wäre der Vernichtung Schreckenshand dem Unglückseligen willkommen.

(Brackenburg geht ab, das Theater[10] bleibt einige Zeit unverändert. Eine Musik, Clärchen's Tod bezeichnend[11] beginnt; die Lampe, welche Brackenburg auszulöschen vergessen, flammt noch einigemal auf, dann erlischt sie.

Bald verwandelt sich der Schauplatz in das Gefängniß.)

Egmont liegt schlafend auf dem Ruhebette. Es entsteht[12] ein Gerassel mit Schlüsseln, und die Thür thut sich auf[13]. Diener mit Fackeln treten herein; ihnen folgt **Ferdinand**, Alba's Sohn, und **Silva**, begleitet von Gewaffneten. Egmont fährt aus dem Schlaf auf[14].

Egmont. Wer seid ihr, die ihr mir unfreundlich den Schlaf von den Augen schüttelt? Was künden eure trotzigen, unsichern Blicke mir an? Warum diesen fürchterlichen Aufzug? Welchen Schreckenstraum kommt ihr der halberwachten Seele vorzulügen?

Silva. Uns schickt der Herzog, dir dein Urtheil anzukündigen.

Egmont. Bringst du den Henker auch mit, es zu vollziehen?

Silva. Vernimm es, so wirst du wissen, was deiner wartet.

Egmont. So ziemt es euch und eurem schändlichen[15] Beginnen! In Nacht gebrütet und in Nacht vollführt. So mag diese freche That der Ungerechtigkeit sich verbergen! — Tritt kühn hervor, der du das Schwert verhüllt unter dem Mantel trägst; hier ist mein Haupt, das freieste, das je die Tyrannei vom Rumpf gerissen.

Silva. Du irrst! Was gerechte Richter beschließen, werden sie vorm Angesicht des Tages nicht verbergen.

Egmont. So übersteigt die Frechheit jeden Begriff und Gedanken.

---

1. steal quietly away. 2. close. 3. lacerate. 4. she leaves me to myself. 5. alike. 6. death portion. 7. thrusts. 8. what glorious lot is thine. 9. I can remain no longer on earth. 10. scene. 11. indicating. 12. is heard. 13. opens. 14. starts up from sleep. 15. infamous.

Silva (nimmt einem Dabeistehenden[1] das Urtheil ab, entfaltet es und lies't.) „Im Namen des Königs und kraft[2] besonderer von[3] Sr. Majestät uns übertragenen Gewalt, alle seine Unterthanen, weß Standes sie seien[4], zugleich die Ritter des goldnen Vließes zu richten, erkennen wir"[5] —

Egmont. Kann die der König übertragen?

Silva. „Erkennen wir, nach vorgängiger genauer, gesetzlicher Untersuchung, dich Heinrich Grafen Egmont, Prinzen von Gaure, des Hochverraths schuldig, und sprechen[6] das Urtheil: daß du mit der Frühe des einbrechenden Morgens[7] aus dem Kerker auf den Markt geführt, und dort vorm Angesicht des Volks zur Warnung aller Verräther mit dem Schwerte vom Leben zum Tode gebracht werden sollest[8]. Gegeben Brüssel am" (Datum und Jahrzahl[9] werden undeutlich gelesen, sodaß sie der Zuhörer nicht versteht.) „Ferdinand, Herzog von Alba, Vorsitzer des Gerichts der Zwölfe." Du weißt nun dein Schicksal; es bleibt dir wenige Zeit, dich drein zu ergeben[10], dein Haus zu bestellen[11] und von den Deinigen[12] Abschied zu nehmen.

(Silva mit dem Gefolge geht ab. Es bleibt Ferdinand und zwei Fackeln; das Theater ist mäßig[13] erleuchtet.)

Egmont (hat eine Weile, in sich versenkt, stille gestanden, und Silva, ohne sich umzusehen, abgehen lassen. Er glaubt sich allein, und da er die Augen aufhebt, erblickt er Alba's Sohn.) Du stehst und bleibst? Willst du mein Erstaunen, mein Entsetzen noch durch[14] deine Gegenwart vermehren? Willst du noch etwa die willkommene Botschaft deinem Vater bringen[15], daß ich unmännlich verzweifle[16]? Geh! Sag' ihm! Sag' ihm, daß er weder mich noch die Welt belügt. Ihm, dem Ruhmsüchtigen, wird man es erst hinter den Schultern[17] leise lispeln, dann laut und lauter sagen, und wenn er einst von diesem Gipfel herabsteigt, werden tausend Stimmen es ihm entgegenrufen[18]: Nicht das Wohl des Staats, nicht die Würde des Königs, nicht die Ruhe der Provinzen haben ihn hierher gebracht. Um sein selbst willen[19] hat er Krieg gerathen, daß der Krieger im Kriege gelte[20]. Er hat diese ungeheure Verwirrung erregt, damit man seiner bedürfe[21]. Und ich falle ein Opfer seines niedrigen Hasses, seines kleinlichen Neides. Ja, ich weiß es, und ich darf es sagen, der Sterbende, der tödtlich Verwundete kann es sagen: mich hat der Eingebildete[22] beneidet; mich wegzutilgen[23] hat er lange gesonnen und gedacht. Schon damals, als wir, noch jünger, mit Würfeln spielten, und die Haufen Goldes, einer nach dem andern, von seiner Seite

---

1. from a bystander. 2. by virtue of. 3. by. 4. of whatsoever rank. 5. we pronounce, declare. 6. pronounce. 7. that at early dawn you. 8. shall be put to death. 9. year. 10. to resign yourself to it. 11. to put your house in order. 12. your friends. 13. dimly. 14. by. 15. carry. 16. that I give way to unmanly despair. 17. behind his back. 18. will proclaim. 19. for his own sake, on his own account. 20. that the warrior's services may be enhanced. 21. that he might be wanted. 22. the proud man. 23. destroy.

zu mir herübereilten[1], da stand er grimmig, log Gelassenheit[2], und innerlich verzehrte ihn die Aergerniß, mehr über[3] mein Glück als über seinen Verlust. Noch erinnere ich mich des[4] funkelnden Blicks, der verrätherischen Blässe, als wir an einem öffentlichen Feste vor vielen tausend Menschen um die Wette[5] schossen. Er forderte mich auf[6], und beide Nationen standen; die Spanier, die Niederländer wetteten und wünschten. Ich überwand ihn; seine Kugel irrte[7], die meine traf; ein lauter Freudenschrei der Meinigen durchbrach die Luft. Nun trifft mich sein Geschoß. Sag' ihm, daß ich's weiß[8], daß ich ihn kenne, daß die Welt jede Siegeszeichen verachtet, die ein kleiner Geist erschleichend sich aufrichtet. Und du, wenn einem Sohne möglich ist von der Sitte des Vaters zu weichen[9], übe beizeiten die Scham, indem du dich für den schämst[10], den du gerne von ganzem Herzen verehren möchtest!

Ferdinand. Ich höre dich an[11], ohne dich zu unterbrechen! Deine Vorwürfe lasten wie Keulschläge auf einen Helm; ich fühle die Erschütterung, aber ich bin bewaffnet. Du triffst mich, du verwundest mich nicht; fühlbar ist mir allein[12] der Schmerz, der mir den Busen zerreißt. Wehe mir! Wehe! Zu einem solchen[13] Anblick bin ich aufgewachsen, zu einem solchen Schauspiele bin ich gesendet!

Egmont. Du brichst in Klagen aus? Was rührt, was bekümmert dich? Ist es eine späte Reue, daß du der schändlichen Verschwörung deinen Dienst geliehen? Du bist so jung und hast ein glückliches Ansehen. Du warst so zutraulich, so freundlich gegen mich[14]. So lang' ich dich sah, war ich mit deinem Vater versöhnt. Und eben so verstellt[15], verstellter als er, lockst du mich in das Netz. Du bist der Abscheuliche[16]! Wer ihm traut, mag er es auf seine Gefahr thun; aber wer fürchtete Gefahr dir zu vertrauen? Geh'! Geh'! Raube mir nicht die wenigen Augenblicke! Geh', daß ich mich sammle, die Welt, und dich zuerst vergesse! —

Ferdinand. Was soll ich dir sagen? Ich stehe und sehe dich an, und sehe dich nicht, und fühle mich nicht[17]. Soll ich mich entschuldigen? Soll ich dir versichern, daß ich erst spät[18], erst ganz zuletzt des Vaters Absichten erfuhr, daß ich als ein gezwungenes, ein lebloses Werkzeug seines Willens handelte? Was fruchtet's, welche Meinung du von mir haben magst? Du bist verloren; und ich Unglücklicher stehe nur da, um dir's zu versichern, und dich zu bejammern.

Egmont. Welche sonderbare Stimme, welch ein unerwarteter Trost begegnet mir auf dem Wege zum Grabe? Du, Sohn meines ersten, meines fast einzigen Feindes, du bedauerst mich, du bist nicht unter meinen Mördern? Sage, rede! Für wen soll ich dich halten?

Ferdinand. Grausamer Vater! Ja, ich erkenne dich[19] in diesem

---

1. passed rapidly. 2. pretended composure. 3. at. 4. I still remember the. 5. for a wager. 6. he challenged me. 7. missed. 8. that I know this. 9. swerve. 10. while you are ashamed of him. 11. I listen to you. 12. I am sensible only to. 13. to witness such a. 14. towards me. 15. crafty. 16. wretch. 17 and feel not my own existence. 18. but lately. 19. I recognize thy nature.

Befehle. Du kanntest mein Herz, meine Gesinnung, die du so oft als Erb=
theil einer zärtlichen Mutter schaltest. Mich dir gleich zu bilden[1], sandtest du
mich hierher. Diesen Mann am Rande des gähnenden Grabes in der Ge=
walt eines willkürlichen Todes zu sehen, zwingst du mich, daß ich den tiefsten
Schmerz empfinde, daß ich taub gegen alles Schicksal, daß ich unempfindlich
werde, es geschehe mir was wolle[2].

Egmont. Ich erstaune! Fasse dich[3]! Stehe, rede wie ein Mann.

Ferdinand. O daß ich ein Weib wäre! daß man mir sagen könnte:
was rührt dich? was ficht dich an? Sage mir ein größeres, ein ungeheureres
Uebel[4], mache dich zum Zeugen einer schrecklichern That; ich will dir danken,
ich will sagen: Es war nichts.

Egmont. Du verlierst[5] dich. Wo bist du?

Ferdinand. Laß diese Leidenschaft rasen, laß mich losgebunden
klagen[6]! Ich will nicht standhaft scheinen, wenn alles in mir zusammen=
bricht[7]. Dich soll ich hier sehen? — Dich? — Es ist entsetzlich! Du ver=
stehst mich nicht! Und sollst mich doch verstehen! Egmont! Egmont! (Ihm
um den Hals fallend[8].)

Egmont. Löse[9] mir das Geheimniß.

Ferdinand. Kein Geheimniß.

Egmont. Wie bewegt dich so tief das Schicksal eines fremden Mannes?

Ferdinand. Nicht fremd! Du bist mir nicht fremd. Dein Name
war's, der mir in meiner ersten Jugend gleich einem Stern des Himmels
entgegenleuchtete. Wie oft hab' ich nach dir gehorcht, gefragt! Des Kindes
Hoffnung ist der Jüngling, des Jünglings der Mann. So bist du vor mir
hergeschritten[10]; immer vor, und ohne Neid sah ich dich vor, und schritt dir
nach, und fort und fort[11]. Nun hofft' ich endlich dich zu sehen, und sah dich,
und mein Herz flog dir entgegen. Dich hatt' ich mir[12] bestimmt und wählte
dich aufs neue[13], da ich dich sah. Nun hofft' ich erst mit dir zu sein, mit
dir zu leben, dich zu fassen, dich — das ist nun alles weggeschnitten[14], und
ich sehe dich hier!

Egmont. Mein Freund, wenn es dir wohl thun kann[15], so nimm
die Versicherung, daß im ersten Augenblick mein Gemüth dir entgegenkam[16].
Und höre mich! Laß uns ein ruhiges Wort untereinander[17] wechseln. Sage
mir: Ist es der strenge, ernste Wille[18] deines Vaters, mich zu tödten?

Ferdinand. Er ist's.

Egmont. Dieses Urtheil wäre nicht ein leeres Schreckbild mich zu
ängstigen, durch Furcht und Drohung zu strafen, mich zu erniedrigen, und
dann mit königlicher Gnade mich wieder aufzuheben?

---

1. to make me like you. 2. what ever may happen to me. 3. calm
thyself. 4. crime. 5. to forget. 6. give vent to my anguish. 7. when
my whole being is convulsed. 8. falling on his neck. 9. explain. 10.
so didst thou walk before me. 11. step for step. 12. for myself. 13.
anew. 14. past. 15. if it does you good. 16. my heart was drawn to
thee. 17. together. 18. is it the settled purpose.

Ferdinand. Nein, ach leider[1] nein! Anfangs schmeichelte ich mir selbst mit dieser ausweichenden[2] Hoffnung; und schon da empfand ich Angst und Schmerz, dich in diesem Zustande zu sehen. Nun ist es wirklich, ist gewiß. Nein, ich regiere mich nicht. Wer gibt mir eine Hülfe, wer einen Rath, dem Unvermeidlichen zu entgehen?

Egmont. So höre mich. Wenn deine Seele so gewaltsam bringt[3], mich zu retten, wenn du die Uebermacht verabscheust, die mich gefesselt hält, so rette mich! Die Augenblicke sind kostbar. Du bist des Allgewaltigen Sohn, und selbst gewaltig. — Laß uns entfliehen[4]! Ich kenne die Wege, die Mittel können dir nicht unbekannt sein. Nur diese Mauern, nur wenige Meilen entfernen mich von meinen Freunden. Löse diese Bande, bringe mich zu ihnen und sei unser. Gewiß, der König dankt dir dereinst[5] meine Rettung. Jetzt ist er überrascht, und vielleicht ist ihm alles unbekannt. Dein Vater wagt; und die Majestät muß das Geschehene billigen, wenn sie sich auch davor entsetzet[6]. Du denkst? O denke mir den Weg der Freiheit aus! Sprich, und nähre die Hoffnung der lebendigen Seele.

Ferdinand. Schweig'! o schweige! Du vermehrst mit jedem Worte meine Verzweiflung. Hier ist kein Ausweg, kein Rath, keine Flucht. — Das quält mich, das greift und faßt mir wie mit Klauen die Brust. Ich habe selbst das Netz zusammengezogen; ich kenne die strengen, festen Knoten; ich weiß wie jeder Kühnheit, jeder List die Wege verrennt sind; ich fühle mich mit dir und mit allen andern gefesselt. Würde ich klagen, hätte ich nicht alles versucht? Zu seinen Füßen habe ich gelegen, geredet und gebeten. Er schickte mich hierher, um alles, was von Lebenslust und Freude mit mir lebt, in diesem Augenblicke zu zerstören[7].

Egmont. Und keine Rettung?

Ferdinand. Keine!

Egmont (mit dem Fuße stampfend). Keine Rettung! — — Süßes Leben! Schöne, freundliche Gewohnheit des Daseins und Wirkens! von dir soll ich scheiden! so gelassen scheiden! Nicht im Tumulte der Schlacht, unter dem Geräusch der Waffen, in der Zerstreuung des Getümmels gibst du mir[8] ein flüchtiges Lebewohl; du nimmst keinen eiligen Abschied, verkürzest nicht den Augenblick der Trennung. Ich soll deine Hand fassen, dir noch einmal in die Augen sehen, deine Schöne, deinen Werth recht lebhaft[9] fühlen und dann mich entschlossen losreißen und sagen: Fahre hin[10]!

Ferdinand. Und ich soll[11] daneben stehen, zusehen, dich nicht halten, nicht hindern können! O welche Stimme reichte zur[12] Klage! Welches Herz flöße nicht aus seinen Banden vor[13] diesem Jammer?

Egmont. Fasse dich!

Ferdinand Du kannst dich fassen, du kannst entsagen, den schweren

---

1. alas. 2. delusive. 3. is so powerfully moved. 4. let us flee. 5. sometime. 6. though horror-struck at the deed. 7. to destroy, in this moment, all the joy which is in me. 8. dost thou send me. 9. with keen emotion. 10. depart. 11. must. 12. avails for. 13. but must break under.

Schritt[1] an der Hand der[2] Nothwendigkeit heldenmäßig gehn[3]. Was kann ich? Was soll ich? Du überwindest dich selbst und uns; du überstehst; ich überlebe dich und mich selbst. Bei der Freude des Mahls hab' ich mein Licht, im Getümmel der Schlacht meine Fahne verloren. Schal, verworren, trüb scheint mir die Zukunft.

Egmont. Junger Freund, den ich durch ein sonderbares Schicksal zugleich gewinne und verliere, der für mich die Todesschmerzen empfindet, für mich leidet, sieh mich in diesem Augenblick an; du verlierst mich nicht. War dir mein Leben ein Spiegel, in welchem du dich gerne betrachtetest, so sei es auch mein Tod. Die Menschen sind nicht nur zusammen, wenn sie beisammen sind[4]; auch der Entfernte, der Abgeschiedne lebt uns[5]. Ich lebe dir, und habe mir genug gelebt. Eines jeden Tages hab' ich mich gefreut; an jedem Tage mit rascher Wirkung[6] meine Pflicht gethan, wie mein Gewissen mir sie zeigte. Nun endigt sich das Leben, wie es sich früher, früher[7], schon auf dem Sande von Gravelingen hätte endigen können[8]. Ich höre auf zu leben; aber ich habe gelebt. So leb' auch du, mein Freund, gern und mit Lust, und scheue den Tod nicht.

Ferdinand. Du hättest dich für uns erhalten[9] können, erhalten sollen. Du hast dich selber getödtet. Oft hört' ich, wenn kluge Männer über dich sprachen, feindselige, wohlwollende, sie stritten lang' über deinen Werth; doch endlich vereinigten[10] sie sich, keiner wagt' es zu leugnen, jeder gestand: ja, er wandelt einen gefährlichen Weg. Wie oft wünscht' ich dich warnen zu können! Hattest du denn keine Freunde?

Egmont. Ich war gewarnt.

Ferdinand. Und wie ich punktweise alle diese Beschuldigungen wieder in der Anklage fand, und deine Antworten! Gut genug, dich zu entschuldigen; nicht triftig genug, dich von der Schuld zu befreien —

Egmont. Dies sei bei Seite[11] gelegt. Es glaubt der Mensch sein Leben zu leiten, sich selbst zu führen, und sein Innerstes[12] wird unwiderstehlich nach seinem Schicksale gezogen. Laß uns darüber nicht sinnen; diesen Gedanken entschlag' ich mich leicht — schwerer der Sorge für dieses Land! doch auch dafür wird gesorgt sein[13]. Kann mein Blut für viele fließen, meinem Volke Frieden bringen, so fließt es willig. Leider wird's nicht so werden. Doch es ziemt dem Menschen, nicht mehr zu grübeln, wo er nicht mehr wirken soll. Kannst du die verderbende Gewalt deines Vaters aufhalten, lenken, so thu's. Wer wird das können? — Leb' wohl!

Ferdinand. Ich kann nicht gehen.

Egmont. Laß[14] meine Leute dir aufs beste empfohlen sein[15]! Ich habe gute Menschen zu Dienern[16]; daß sie nicht zerstreut, nicht unglücklich werden! Wie steht es um Richard[17], meinen Schreiber?

---

1. fatal step. 2. led on by. 3. to take. 4. when in each other's presence. 5. for us. 6. with prompt activity. 7. long long ago. 8. could have ended. 9. saved thyself. 10. agreed. 11. aside. 12. existence. 13. that will also be cared for. 14. let me. 15. urgently recommend. 16. I have good men for servants. 17. how goes it with Richard.

Ferdinand. Er ist dir vorangegangen. Sie haben ihn als Mit=
schuldigen des Hochverraths enthauptet.

Egmont. Arme Seele! — Noch eins, und dann leb' wohl, ich kann
nicht mehr. Was auch den Geist gewaltsam beschäftigt, fordert die Natur
zuletzt doch unwiderstehlich ihre Rechte; und wie ein Kind, umwunden von
der Schlange, des erquickenden Schlafs genießt, so legt der Müde sich noch
einmal vor der Pforte des Todes nieder und ruht tief aus[1], als ob er einen
weiten Weg zu wandern hätte. — Noch eins! Ich kenne ein Mädchen; du
wirst sie nicht verachten, weil sie mein war. Nun ich sie dir empfehle, sterb'
ich ruhig. Du bist ein edler Mann[2]; ein Weib, das den findet, ist geborgen[3].
Lebt mein alter Adolph? ist er frei?

Ferdinand. Der muntre Greis, der euch zu Pferde immer begleitete?

Egmont. Derselbe.

Ferdinand. Er lebt, er ist frei.

Egmont. Er weiß ihre Wohnung; laß dich von ihm führen[4], und lohn'
ihm bis an sein Ende, daß er dir den Weg zu diesem Kleinode zeigt. — Leb' wohl!

Ferdinand. Ich gehe nicht.

Egmont (ihn nach der Thür drängend). Leb' wohl!

Ferdinand. O laß mich noch!

Egmont. Freund, keinen Abschied. (Er begleitet Ferdinand bis an
die Thür und reißt sich dort von ihm los. Ferdinand, betäubt[5], entfernt sich eilend.)

Egmont (allein). Feindseliger[6] Mann! Du glaubtest nicht, mir diese
Wohlthat durch deinen Sohn zu erzeigen. Durch ihn bin ich der Sorgen los[7]
und der Schmerzen, der Furcht und jedes ängstlichen Gefühls. Sanft und
dringend fordert die Natur ihren letzten Zoll[8]. Es ist vorbei, es ist be=
schlossen! Und was die letzte Nacht mich ungewiß auf meinem Lager wachend
hielt, das schläfert[9] nun mit unbezwinglicher Gewißheit meine Sinnen ein[10].
(Er setzt sich aufs Ruhebett. Musik.) Süßer Schlaf! Du kommst wie ein
reines Glück, ungebeten, unerfleht, am willigsten. Du lösest die Knoten der
strengen Gedanken, vermischest alle Bilder der Freude und des Schmerzes,
ungehindert fließt der Kreis innerer Harmonien, und, eingehüllt in gefälligen
Wahnsinn, versinken wir und hören auf zu sein. (Er entschläft; die Musik
begleitet seinen Schlummer. Hinter seinem Lager scheint sich die Mauer zu
eröffnen[11], eine glänzende Erscheinung zeigt sich. Die Freiheit in himmlischem
Gewande, von einer Klarheit umflossen[12], ruht auf einer Wolke. Sie hat die
Züge von Clärchen, und neigt sich gegen den schlafenden Helden. Sie drückt
eine bedauernde Empfindung aus[13], sie scheint ihn zu beklagen. Bald faßt
sie sich, und mit aufmunternder Geberde zeigt sie ihm das Bündel Pfeile,
dann den Stab mit dem Hute. Sie heißt ihn froh sein[14], und indem sie ihm

---

1. sleeps soundly. 2. thou hast a noble soul. 3. will be protected.
4. let him guide you. 5. overwhelmed with grief. 6. cruel. 7. through
him I am free from care. 8. tribute. 9. lulls. 10. my senses to repose.
11. the wall seems to open. 12. surrounded by. 13. she expresses. 14.
she tells him to rejoice.

anbeutet, daß sein Tod den Provinzen die Freiheit verschaffen werde, erkennt sie ihn als Sieger und reicht ihm einen Lorbeerkranz. Wie sie sich mit dem Kranze dem Haupte nahet, macht Egmont eine Bewegung, wie einer der sich im Schlafe regt[1], dergestalt, daß er mit dem Gesicht aufwärts gegen sie liegt. Sie hält den Kranz über seinem Haupte schwebend: man hört ganz von weitem eine kriegerische Musik von Trommeln und Pfeifen[2], bei dem leisesten Laut derselben verschwindet die Erscheinung. Der Schall wird stärker[3]. Egmont erwacht; das Gefängniß wird vom Morgen mäßig erhellt. Seine erste Bewegung ist, nach dem Haupte zu greifen[4]: er steht auf und sieht sich um, indem er die Hand auf dem Haupte behält.)

Verschwunden ist der Kranz! Du schönes Bild, das Licht des Tages hat dich verscheuchet! Ja, sie waren's, sie waren vereint, die beiden süßesten Freuden meines Herzens. Die göttliche Freiheit, von meiner Geliebten borgte sie die Gestalt; das reizende Mädchen[5] kleidete sich in der Freundin himmlisches Gewand. In einem ersten Augenblick erscheinen sie vereinigt, ernster als lieblich. Mit blutbefleckten Sohlen trat sie vor mir auf[6], die wehenden Falten des Saumes mit Blut befleckt. Es war mein Blut und vieler Edlen Blut. Nein, es war nicht umsonst vergossen. Schreitet durch[7]! Braves Volk! Die Siegesgöttin führt dich an! Und wie das Meer durch eure Dämme bricht, so brecht, so reißt den Wall der Tyrannei zusammen, und schwemmt[8] ersäufend sie von ihrem Grunde, den sie sich anmaßt, weg! (Trommeln näher). Horch! Horch! Wie oft rief mich dieser Schall zum freien[9] Schritt nach dem Felde des Streites und des Siegs! Wie munter traten die Gefährten auf der gefährlichen rühmlichen Bahn! Auch ich schreite einem ehrenvollen Tode aus diesem Kerker entgegen: ich sterbe für die Freiheit, für die ich lebte und focht, und der ich mich jetzt leidend opfre. (Der Hintergrund wird mit einer Reihe spanischer Soldaten besetzt, die Hellebarden tragen).

Ja, führt sie nur zusammen! Schließt eure Reihen, ihr schreckt mich nicht. Ich bin gewohnt vor Speeren gegen Speere zu stehen, und; rings umgeben von dem drohenden Tod, das muthige Leben nur doppelt rasch[10] zu fühlen. (Trommeln). Dich schließt der Feind von allen Seiten[11] ein! Es blinken Schwerter. Freunde, höhern Muth! Im Rücken habt ihr[12] Eltern, Weiber, Kinder! (Auf die Wache zeigend[13]).

Und diese treibt[14] ein hohles Wort des Herrschers, nicht ihr Gemüth. Schützt eure Güter! Und euer Liebstes zu erretten, fallt freudig, wie ich euch ein Beispiel gebe. (Trommeln. Wie er auf die Wache los und auf die Hinterthür zu geht[15], fällt der Vorhang; die Musik fällt ein[16] und schließt mit einer Siegessymphonie das Stück.)

---

1. moves in his sleep. 2. a martial music of drums and fifes is heard quite in the distance. 3. louder. 4. to lift his hand to his head. 5. maiden. 6. she appeared before me. 7. forward. 8. sweeps. 9. joyous. 10. with double zest. 11. on all sides. 12. behind are your. 13. pointing to the guard. 14. and these are impelled by. 15. advances. 16. joins.

Wörterbuch.

Erklärung der Abkürzungen.

a. adjective, Beiwort (Eigenschaftswort). adv. adverb, Umstandswort. art. article, Artikel. cj. conjunction, Bindewort. f. feminine, weibliches Haupt-wort. i. interjection, Empfindungswort. m. masculine, männliches Haupt-wort. n. neuter, sächliches Hauptwort. num. numeral, Zahlwort. p. a. participle adjective. Mittelwort. pl. plural, Mehrzahl. pr. n. proper name, Eigenname. prp. preposition, Vorwort. prn. pronoun, Fürwort. v. a. verb active, hinbezügliches (transitives) Zeitwort. v. n. verb neuter, unbezügliches (intransitives) Zeitwort. v. r. verb reflexive, rückbezügliches (reflexives) Zeitwort.

Ab, adv. off, from; — von der Bühne, exit, pl. exeunt.
abbanken, v. n. to renounce, abdicate.
Abend, m. evening.
abends, adv. in the evening.
aber, cj. but.
aberben, v. a. to inherit (from).
abermal, adv. again, once more.
abgeben, v. n. to depart. [dead.
abgeschieden, aj. expired, departed,
Abgrund, m. precipice, abyss.
abhalten, v. a. to hold back, keep
abhangen, v. n. to depend. [back.
abhaspeln, v. a. to wind off from
abholen, v. a. to fetch away. [a reel.
ablegen, v. a. to lay down, put away.
ablehnen, v. a. to decline, refuse.
ablernen, v. a. to learn by looking attentively at.
ablisten, v. a. to get by cunning.
Abscheu, m. hatred, disgust. [rible.
abscheulich, a. hateful, disgusting, hor-
Abschied, n. departure; leave.
abschlagen, v. a. to refuse, reject.
abschrecken, v. a. to deter (from). intimidate. frighten.
abschreiben, v. a. to write out, copy.
Absicht, f. view, design, intention.
absteigen, v. n. to descend, alight, (from horseback).
Abt, m. abbot.
abtreten, v. a. to give up, abdicate.
abwägen, v. a. to weigh, balance.
abwarten, v. a. to await, expect, bide one's time.
abwärts, adv. down, aside.

abwenden, v. a. to turn away, avert.
abwiegen, st. abwägen, v. a. to weigh.
Abzeichen, n. sign. device.
ach, i. alas! ah!
Acht, f. care; sich in — nehmen, to take care, to be careful.
acht, num. eight.
achten, v. a. to deem, consider, esteem,
achtsam, a. attentive, careful, watchful.
Adel, m. nobility.
adeln, v. a. to ennoble.
Ader, f. vein.
adieu, adv. farewell. adieu.
Admiral, m. admiral.
Advocat, m. lawyer. [presentiment.
Ahndung, f. resentment, revenge;
ähnlich, a. like, resembling.
Ahnung, f. presage, foreboding.
all, a. all.
allein, a. alone — cj. but.
allenfalls, adv. at all events, perhaps.
allergnädigst, aj. most gracious.
allerlei, indecl. a. various, sundry.
allgemein, a. general, common.
allgewaltig, a. all-powerful.
allmälig, adv. by degrees.
Alphabet, n. alphabet.
als, cj. as, like, when, than; nichts — nothing but.
alsdann, adv. then.
alt, a. old.
Altar, m. altar.
Alter, m. old man. — n. old age.
altern, v. n. to grow old.
Amazone, f. amazon.
an, prp. at, in, on, by.

anbeten, v. a. to adore.
anbieten, v. a. to offer.
anblasen, v. a. to blow at, upon.
Anblick, m. sight.
andächtig, a. devout.
ändern, v. a. u. r. to alter, change.
anders, adv. otherwise, different.
anderwärts, adv. elsewhere. [indicate.
andeuten, v. a. to declare by signs,
anfachen, v. a. to blow into flame.
Anfall, m. attack.
anfallen, v. a. to attack, fall upon.
Anfang, m. beginning; am — e, at first,
anfangen, v. a. u. n. to begin.
anfangs, adv. at first.
anfassen, v. a. to take, lay hold of.
anfechten, v. a. to concern, trouble,
  disturb.
anfeinden, v. a. to show enmity so.
anfrischen, v. a. to refresh, animate,
  encourage, enliven. [mand.
anführen, v. a. to bring on, lead, com-
angeboren, a. inborn, innate, here-
  ditary.
angeben, v. a. to go to, address; das
  geht mich nichts an, that is no business of mine. [(to).
angehören, v. n. to belong, appertain
angelegen, a. important.
angenehm, a. agreeable, pleasant.
Angesicht, n. face, countenance.
Angst, f. fear. [torment.
ängstigen, v. a. to alarm, frighten,
ängstlich, a. fearful, timid. [keep to.
anhalten, v. a. to hold to; to stop, seize,
anhauchen, v. a. to breathe at, upon.
anketten, v. a. to chain.
Anklage, accusation arraignment, pro-
anklagen, v. a. to accuse. [secution.
anknüpfen, v. a. to knit, tie on.
ankünden, ankündigen, v. a. to announce,
Ankunft, f. arrival. [proclaim.
anlegen, v. a. to put against, to put
  to; wie er anlegt, when he aims.
anmaßen, v. r. to usurp, lay claim to.
Anmerkung, f. remark, observation.
annehmbar, a. acceptable, admissible.
annehmen, v. a. to take, accept.
anrathen, v. a. to advise, counsel.
anrühren, v. a. to touch, disturb.
anschaffen, v. a. to procure.
Anschein, m. appearance.
Anschlag, m. stroke, plan; in —
  kommen, to plot.

anschlagen, v. a. to strike at, level,
  point (a weapon).
anschreiben, v. a. to write down, to
  book in one's account.
anschwellen, v. n. to swell up.
ansehen, v. a. to look at, upon, to see, to
  contemplate.
Ansehn, m. appearance, consideration, importance.
ansetzen, v. a. to deposit.
Ansicht, f. opinion, notion.
anspannen, v. a. to strain.
Anstalt, f. preparation, arrangement.
anständig, a. agreeable, proper.
anstatt, prp. instead of.
anstecken, v. a. to infect.
Anstoß, m. shock, hindrance.
anstoßen, v. a. to strike, to strike
  glasses together on drinking a toast.
antreffen, v. a. to meet with, find,
  relate to.
antreten, v. a. to approach, step up (to).
Antwerpener, m. man of Antwerp.
Antwort, f. answer.
antworten, v. a. to answer.
anziehen, v. a. to draw on, put on;
  sich —, to put on clothes, dress
  oneself.
Anzeige, f. notice, account, information.
Appetit, m. appetite.
Arbeit, m. work, labour.
arbeiten, v. n. to work, labour.
arg, a. bad.
Aergerniß, f. rage.
argwöhnisch, aj. suspicious.
Arm, m. arm.
arm, a. poor.
Armbrust, f. cross-bow.
Armbrustschießen, n. cross-bow shoo-
Armee, f. army. [ting.
Aermel, m. sleeve.
Armensünder-Stühlchen, n. seat of a
  condemned malefactor.
armselig, a. wretched.
Armuth, f. poverty, want.
Art, f. way, manner.
Ast, m. bough, branch.
Athem, m. breath.
Athemzug, m. breath, drawing of
athmen, v. a. to breathe. [breath.
auch, cj. also, too.
auf, prp. on, in, at, by, upon; — ein-
  mal, all at once; —, adv. up; —
  und ab, up and down; —, ij. up! rise!

aufbrechen, v. a. to break open.

aufbringen, v. a. to get or set up, raise, provoke, irritate.

aufbringen, v. a. to force, press upon.

auffahren, v. n. to ascend, start, up, fly in a passion.

aufflammen, v. n. to flame up.

auffordern, v. a. to challenge.

auffressen, v. a. to devour, eat up.

Aufgabe, f. task.

aufgeben, v. a. to surrender: to propose.

aufhalten, v. a. to keep back, detain.

aufheben, v. a. to raise, lift up.

aufhetzen, v. a. to stir up, incite.

aufhören, v.n.to cease, discontinue, stop.

auflösen, v.a. to loosen, unloose, break

aufmerksam, a. attentive. [up.

Aufmerksamkeit, f. attention.

aufmuntern, v. a. to awake, animate.

aufnehmen, v. a. to take up, receive.

aufopfern, v. a. to sacrifice. [spy.

aufpassen, v. a. to be attentive, watch,

aufquellen, v. n. to spring up.

aufrecht, a. u. adv. upright. straight.

aufreiben, v. a. to fret, excite.

aufrichten, v. a. to raise, erect.

aufrichtig, a. sincere.

Aufruhr, m. uproar, tumult.

Aufrührer, m. rebel, insurgent.

aufschieben, v. a. to defer, put off.

Aufsehn, n. sensation.

aufsetzen, v. a. to set up, draw up.

Aufstand, m. rising, insurrection.

aufstecken, v. a. to put, fix upon, set up, hoist up.

aufstehen, v. n. to stand up, rise.

aufsteigen, v. n. to mount, rise.

aufsuchen, v. a. to seek out, look for.

aufthun, v. a. u. r. to open.

Auftrag, m. order, commission.

auftragen, v. a. to bear up; to enjoin.

auftreten, v. n. to enter.

aufwachsen, v. n. to grow up.

aufwärts, adv. upward, upwards.

Aufwiegler, m. rebel, mutineer (Aufrührer).

aufzehren, v. a. to consume, absorb.

Aufzug, m. train, procession; act [(of a play.)

Auge, n. eye.

Augenblick, m. moment, instant.

aus, prp. out, of, from. — adv. over, finished.

ausbrechen, v. a. to break out, to

Ausbruch, m. outbreak. [burst out.

ausdenken, v. a. to invent, contrive,

ausdrücken, v. a. to express. [devise.

ausdrücklich, a. express, explicit, positive, decided. [make out.

ausfertigen, v. a. to expedite, despatch,

Ausflucht, f. evasion, escape, subterfuge. [form.

ausführen, v. a. to execute, per-

Ausführen, n. execution. [detailed.

ausführlich, a. large, ample, full.

Ausgang, m. egression, departure, end, conclusion.

ausgehen, v. n. to go out, proceed.

auskommen, v. n. to come out, get on, succeed. [straddle.

auskrätschen, ausgrätschen, v. n. to

auslegen, v. a. to lay out, display, interpret. [terate.

auslöschen, v. a. to extinguish, obli-

ausmachen, v. a. to make out, finish, decide, agree. [seasoned.

auspichen, v. a. to pitch; ausgepicht,

ausrichten, v. a. to make straight, do, perform.

ausrufen, v. a. to call out.

ausruhen, v. n. u. r. to rest, repose.

ausschließen, v. a. to shut out.

aussehen, v. n. to look out; to look, appear.

aussetzen, v. a. to set out, appoint, fix.

Aussicht, f. view, prospect.

aussinnen, v. a. to contrive, plan out.

ausstatten, v. a. to endow, establish (a son). [portion.

Ausstattung, f. endowment, dowry,

ausstecken, v. a. to set up, hang out.

Ausweg, m. outlet.

auswärtig, a. foreign.

auswärts, adv. abroad.

ausweichen, v. n. to give way, to avoid, escape, parry.

auswendig, a. outside; — lernen, to learn by heart.

außer, prp. out of; beside; except. — sich, out of one's senses.

äußer, a. outward.

außerordentlich, a. extraordinary; —, adv. exceedingly.

äußerst, adv. extremely.

ausziehen, v. a. to draw out; — v. n. to march out.

Bahn, f. path, road, course.

bald, adv. soon, now.

Balken, m. beam.

Band, n. ribbon, band. [subdue.
bändigen, v. a. to tame, restrain,
bange, a. uneasy; es wird mir —,
  I am uneasy.
Bangen, n. fear, anxiety.
bannen, v. a. to banish, expel, conjure.
barsch, a. harsh, sharp, peevish.
Bärtchen, n. little beard.
Bauer, m. peasant.
Bauerweib, n. peasant woman.
bedächtig, a. considerate, prudent,
  discreet.
bedauern, v. a to deplore, pity.
bedenken, v. a. to consider.
Bedenklichkeit, f. doubtfulness, scruple.
bedeuten, v. a. to mean.
Bediente, m. servant.
Bedingung, f. condition.
bedürfen, v. a. to need, want.
Bedürfniß, n. need, want.
Befehl, m. commaud, order.
befehlen, v. a. to command, order.
befestigen, v. a. to fasten, secure,
  strengthen. [to be, fare.
befinden, v. a. to find; sich —, v. r.
befolgen, v. a to follow, obey.
befreien, v. a. to free, deliver, set free.
befriedigen, v. a. to calm, appease.
befürchten, v. a. to fear, apprehend.
Begebenheit, f. occurrence.
begegnen, v. a. u. n. to meet, happen.
begehen, v. a. to celebrate, solemnize.
Begier, f. desire, passion.
Begierde, f. desire.
Beginn, m. beginning. [mence.
beginnen, v. a. u. n., to begin, com-
begleiten, v. a. to accompany.
Begleitung, f. attendance.
begreifen, v. a. to conceive, perceive.
begreiflich, a. comprehensible, con-
  ceivable.
Begriff, m. conception, idea; im —
  sein, to be on the point of.
begrüßen, v. a. to greet, salute.
behalten, v. a. to keep, retain.
behandeln, v. a. to handle, manage,
  deal with.
beharren, v. n. to remain, persist.
behaupten, v. a. to assert, maintain.
beherrschen, v. a. to command, rule,
behutsam, a. guarded, heedful. [govern.
bei, prp. by, at, with, near.
bejammern, v. a. to deplore. bemoan.
beide, num. a. both. [bewail.

beiblebig, a. amphibious.
beikommen, v. n. to come, get at;
Beil, n. hatchet, axe. [to equal.
beilegen, v. a. to lay by, settle, make
  up (a quarrel).
Bein, n. leg, bone.
beisammen, adv. together.
Beispiel, n. example.
Beistand, m. assistance.
beistehen, v. n. to stand by, assist,
  help, succour.
beizeiten, adv. betimes, early.
bekannt, a. known.
bekennen, v.a. to confess, acknowledge.
beklagen, v. a. to deplore, lament;
  sich —, v. r. to meddle, concern
  oneself about a thing. [move.
bekümmern, v. a. to afflict, distress,
belästigen, v. a. to load, oppress.
beleben, v. a. to animate.
beleidigen, v. a. to insult.
Beleidigung, f. insult.
belieben, v. a. u. n. to like; to please.
Belieben, n. will, inclination.
belügen, v.a. to deceive, by falsehood.
bemühen, sich, v. r. to take trouble,
  give oneself trouble.
beneiden, v. a. to envy, grudge.
beobachten, v. a. to remark, observe.
beordern, v. a. to order.
bequem, a. comfortable.
berauben, v. a. to rob, plunder.
berechnen, v. a. to calculate.
bereichern, v. a. to enrich. enlarge.
bereit, a. ready.
bereiten, v. a. to prepare.
bereits, adv. already.
Bericht, m. report.
berichten, v. a. to inform, report.
berücken, v. a. to entrap, ensnare.
Beruf, m. duty, office, function.
berufen, v. a. to call; st. verrufen,
  to bring into bad repute, decry;
  übel —, p. a. defamed.
beruhigen, v.a. to quiet, calm, appease.
berühren, v. a. to touch, touch on.
Berührung, f. contact, collision.
Besatzung, f. garrison.
beschäftigen, v. a. to busy, employ.
bescheiden, v. a. to allot, assign.
beschließen, v. a. to resolve.
beschneiden, v. a. to cut, clip.
beschränken, v. a. to enclose, confine.
Beschreibung, f. description.

Beſchuldigung, f. charge, accusation.
beſchützen, v. a. to protect.
Beſen, m. broom.
beſetzen, v. a. to occupy, hold.
beſiegen, v. a. to overcome, vanquish, subdue. [recollect.
beſinnen, ſich, v. r. to remember,
beſitzen, v. a. to possess.
Beſitzer, m. possessor.
Beſitzthum, n. possession.
beſonder, a. peculiar; particular.
beſonders. adv. in particular, especially.
beſorgen, v. a. to take care, provide, apprehend, to be anxious.
beſprechen, v. a. to discuss, deliberate.
beſtimmen, v. a. to appoint, settle,
beſſer, a. better. [destine.
Beſtallung, f. appointment.
beſtehen, v. a. u. n. to encounter; to insist on. [(into).
beſteigen, v. a. to ascend, step upon
beſtellen, v. a. to order, appoint.
Beſtreben, n. endeavour.
beſtürzen, v. a. to astound, perplex.
beſuchen, v. a. to visit.
betäuben, v. a to deafen, stupify.
beten, v. n. to pray. [look to.
betrachten, v. a. to observe, to remark.
Betrachtung, f. observation.
betragen, ſich, v. r. to behave.
Betragen, n. conduct. [surprise.
betreten, v. a. to tread upon, catch,
betrüben, v. a. to trouble, afflict.
Betrübniß, f. melancholy, grief.
betrügen, v. a. to deceive.
Bett, n. bed.
Bettelſack, m. beggar's sack.
Bettelweib, n. beggarwoman.
Bettler, m. beggar.
beurtheilen, v. a. to judge.
bewaffnen, v. a. to arm.
bewahren, v. a. to keep.
bewähren, v. a. to prove, try.
bewegen, v. a. to move; ſich —, v. r. to stir, move.
Bewegung, f. motion.
beweinen, v. a. to lament.
Beweis, m. proof.
beweiſen, v. a. to prove, demonstrate, evince.
Bewohner, m. inhabitant, tenant.
Bewunderung, f. astonishment.
bewußt, a. known.
bezahlen, v. a. u. n. to pay.

bezeichnen, v. a. to mark out, designate.
bezeigen, v. a. to show, express.
Bibel, f. Bible.
Bibliothek, f. library.
biegen, v. a. u. r. to bend.
Bier, n. beer.
bieten, v. a. to offer.
Bild, n. picture, image. [stitute.
bilden, v. a. to shape, form, con-
Bilderſtürmer, m. image - breaker, iconoclast.
bilderſtürmeriſch, a. iconoclastic.
bildſam, a. plastic; flexible.
billigen, v. a. to approve.
binden, v. a. to bind, tie, restrain.
bis, adv. till, until.
Bischen, n. little.
Bischof, m. bishop.
Bischofsmütze, f. mitre.
bisher, adv. hitherto, till now.
bitten, v. a. to ask, entreat, beg, pray.
blank, a. polished; naked, bare, (of
Bläſſe, f. paleness, pallor. [a sword).
Blatt, n. leaf; sheet (of paper).
bleiben, v. n. to remain.
bleich, a. pale.
Blick, m. look, glance.
blicken, v. n. to glance, gleam.
Blöße, f. nakedness.
Blume, f. flower.
Blut, n. blood. [blood.
blutbefleckt, a. stained, spotted with
Blutgeruch, m. smell of blood.
blutig, a. bloody.
Blutstropfen, m. drop of blood.
Bockshorn, n. goats-horn; einen ins — jagen, to frighten one out of his wits, to bully.
Boden, m. earth, ground.
borgen, v. a. to borrow, lend.
böſe, a. bad, evil, angry.
Bosheit, f. wickedness.
Bote, m. messenger.
Botſchaft, f. message.
Branntwein, m. brandy.
braten, v. a. u. n. to roast.
brauchen, v. a. to want, need, require.
brauchbar, a. useful.
brav, a. good, brave, honest.
brechen, v. a. u. n. to break.
breit, a. broad.
brennen, v. a. u. n. to burn.
Brief, m. letter.
bringen, v. a. to bring.

Brocken, m. crumb, fragment.
Brod, n. bread.
Bruder, m. brother.
Brüderschaft, f. brotherhood.
Brüssel, geogr. Brussels.
Brust, f. breast, bosom.
brüten, v. n. to brood, hatch.
Bube, m. boy.
Buch, n. book.
Büchse, f. gun.
Buchstabe, m. letter.
Buckel, m. hunch, hump, back.
bücken, v. r. to stoop.
Bund, m. confederation, alliance.
Bündel, n. bundle.
bunt, a. variegated, motley.
Burg, f. castle, citadel.
bürgen, v. a. to give security.
Bürger, m. citizen.
Bürgerhaus, n. citizen's house.
bürgerlich, a. civil, of a citizen. — e
  Ordnung, — social order.
Bürgerssohn, m. citizen's son.
Bursch, m. fellow.
Busen, m. bosom.
Canon, m. canon (in music).
Calvinist, m. Calvinist.
Capelle, f. chapel.
Carl, pr. n. Charles.
Clara, Clärchen, pr. n. Clara.
Comines, geogr. Comines.
Commissarius, m. commissary.
Compagnie, f. company.
Compliment, n. compliment.
Confusion, f. confusion.
Conseil, n. council.
Contract, m. contract.
Courage, f. courage.
Credit, m. credit.
Crucifix, n. crucifix.
da, adv. there; —, cj. when, be-
  cause, whereas.
dabei, adv. thereby. [means.
dadurch, adv. through it, by these
dafür, adv. for it, therefore.
dagegen, adv. against it.
daher, adv. thence, from that place.
dahin, adv. thither; er ist —, he is
  gone, lost.
damals, adv. then, at that time.
damit, cj. that; —, adv. therewith.
Damm, m. dam, embankment.
Dämmerung, f. twilight, dusk.
dampfen, v. n. to steam, smoke.

daneben, adv. near by, beside.
Dank, m. thanks, gratitude.
danken, v. n. to thank.
daran, adv. thereon, thereat, at it.
darauf, adv. thereon, thereupon, on it.
darein, adv. into it.
darüber, adv. over that, thereon.
darum, adv. for that reason, therefore.
darunter, adv. amongst.
Dasein, n. being, existence.
daß, cj. that.
Datum, n. date.
dauerhaft, a. lasting.
dauern, v. n. to last.
davon, adv. of it.
dazu, adv. thereto, besides.
Decke, f. cover, ceiling.
decken, v. a. to cover.
Degen, m. sword.
dein, prn. thine.
deinetwillen, adv. on thy account.
Demuth, f. humility. [gine, reflect.
denken, v. a. u. n. to think, ima-
denn, cj. then, but, for, than.
dennoch, cj. yet, but yet, notwith-
  standing.
der, die, das, art. the; —, prn. that.
dereinst, adv. once, in the future.
deretwillen, adv. for her sake; for
  their sake. [such a kind.
dergestalt, adv. of such a nature, of
derselbe, prn. the same.
desto, adv. the; — besser, so much
  the better.
deswegen, adv. on that account.
deuten, v. a. to explain, apply a
  meaning to; — v. n. to point at.
deutlich, a. clear, plain.
Deutschland, geogr. Germany,
dickbäuchig, adj. fat-bellied.
Dieb, m. thief.
dienen, v. n. to serve.
Diener, m. servant.
Dienst, m. service.
Dienstbote, m. servant.
dienstfertig, a. officious.
dienstlich, a. serviceable, useful.
dieser, prn. this.
diesmal, adv. this time.
Ding, n. thing.
Dirne, f. girl.
Discurs, m. discourse, conversation.
doch, a. yet, however, but.
Doctor, m. Doctor.

Doctorkästchen, n. medicine-chest.
Dolch, m. dagger.
Dom, m. cathedral.
Donnerschlag, m. thunder-clap.
doppelt, a. double.
dorren, v. n. to become dry, wither.
dort, adv. there, in that place.
Drache, m. dragon.
drängen, v. a. to press, squeeze.
drehen, v. a. to turn,; sich —, v. r. to turn, revolve.
drei, num. three.
drein, adv. in it.
dringen, v. n. to press, penetrate.
dringend, a. pressing, urgent.
droben, adv. above.
drohen, v. a. u. n. to threaten.
Drohung, f. threat.
drücken, v. a. to press, oppress, crush.
drum, adv. therefore.
du, prn. thou.
ducken, sich, v. r. to stoop, crouch.
dulden, v. a. to suffer, tolerate.
dumm, a. foolish.
Dummheit, f. stupidity.
dunkel, a. dark.
Dunkelheit, f. darkness.
Dünkirchen, geogr. Dunkirk.
dünn, a. thin.
durch, prp. through, by means of.
durchbrechen, v. a. u. n. to break through, escape.
durchdringen, v. a. to penetrate.
durchfahren, v. a. to pass through,
durchgehen, v. n. to go through, pass.
durchheilen, v. a. to cure thoroughly.
durchpeitschen, v. a. to whip soundly.
durchschleichen, v. n. to creep through.
dürfen, v. n. to dare, venture.
dürftig, a. needy, indigent.
düster, a. sad, gloomy.
Dutzend, n. a dozen.
eben, adv. exactly, just —, a. even.
echt, a. true, genuine.
Ecke, f. corner.
edel, a. noble.
ehe, adv. ere, before.
ehemals, adv. formerly.
ehern, a. brazen.
ehrbar, a. modest, demure.
Ehre, f. honour.
ehren, v. a. to honour, respect.
Ehrenmann, m. man of honour.
ehrenvoll, a. honourable.

Ehrfurcht, f. respect.
ehrlich, a. honest, honourable.
Ehrlichkeit, f. honesty.
eifrig, a. zealous.
eigen, a. own.
Eigenheit, f. property, peculiarity.
eigensinnig, a. wayward, capricious.
eigentlich, adv. properly.
Eile, f. hurry, haste.
eilen, v. n. to hasten, hurry.
eilig, a. hasty.
ein, art. a. an; —, num. one.
einander, adv. one another.
einbilden, v.a. u.r. to imagine, conceive.
einbrechen, v. n. to break in, approach.
einengen, v. a. to compress, confine.
einfallen, v. n. to occur to.
einflößen, v. a. to instil, inspire.
Einfluß, m. influence.
einförmig, a. uniform.   [preamble.
Eingang, m. entrance, introduction,
eingeben, v. a. to give; to inspire.
eingreifen, v. n. to lay hold of; to seize upon, attack.
Eingriff, m. invasion, usurpation.
einhüllen, v. a. to wrap up, envelope.
einig, a. united, agreed.   [several.
einige, prn. some, any. — pl. some,
einigemal, adv. several times.
Einigkeit, f. unity.
einladen, v. a. to invite.
einlassen, v. a. to let in.
einkommen, v. n. to come in; to get into one's head.
Einkommen, n. income.
einmal, adv. once; auf —, all at once.
einnehmen, v. a. to take.
Einnehmer, m. receiver, collector, gatherer.
einprägen, v. a. to impress, inculcate.
Einquartierung, f. quartering.
einrichten, v. a. to arrange.
einschieben, v. a. to push in.
einschließen, v. a. to enclose, confine.
einschränken, v. a. to confine, restrain, limit.
einsehen, v. a. to understand, perceive.
Einsicht, f. insight, judgement, penetration, sagacity.
einst, adv. once.   [prison.
einstecken, v. a. to put in; to put in
einsilbig, a. monosyllabic.
Eintracht, f. harmony, concord.
eintreffen, v. n. to arrive, come in.

6*

eintreten, v. n. to enter.
einwickeln, v. a. to wrap up.
Einwohner, m. inhabitant.
einzeln, a. single, solitary.
einziehen, v. a. to draw in, seize, apprehend, arrest.
einzig, a. only, single.
ekel, a. disgusting.
Element, n. element.
elend, a. miserable, wretched.
Elend, n. misery.
Eltern, pl. parents.
empfangen, v. a. to receive, take.
empfehlen, v. a. to recommend.
empfinden, v. a. to be sensible of; to feel, experience.
empfindlich, a. perceptible, sensible; irretable, irascible.
Empfindung, f. sensibility, feeling.
Ende, n. end; am —, after all, at last.
endigen, v. a. u. n. to end.
endlich, adv. at last.
Engel, m. angel.
Engländer, m. Englishman.
englisch, a. English.   [spare.
entbehren, v. a. to do without, want,
entdecken, v. a. to discover.
Ente, f. duck.
entehren, v. a. to dishonour.
entfalten, v. a. to unfold.
entfernen, v. a. to remove; —, v. r. to depart.
entfernt, a. distant, removed.
entfliehen, v. n. to flee, escape.
entgegen, prp. against; er rief mir —, he called to me.
entgegenkommen, v. n. to come towards, to come to meet.
entgegensehen, v. n. to look forward to.
entgegensetzen, v. a. to oppose.
entgehen, v. n. to escape.
enthalten, v. a. to contain.
enthaupten, v. a. to decapitate.
entlassen, v. a. to dismiss.
entsagen, v. n. to renounce, resign.
entscheiden, v. a. to decide, determine.
entschieden, a. decided.
entschlafen, v. n. to fall asleep.
entschlagen, sich, v. r. to divest oneself of; to dismiss from the mind.
entschließen, sich, v. r. to resolve, determine, make up one's mind.
Entschließung, f. determination.
entschlossen, a. resolute, determined.

Entschlossenheit, f. decision.
entschlüpfen, v. n. to escape.
Entschluß, m. determination.
entschuldigen, v. a. to excuse; sich —, v. r. to apologize.
Entsetzen, n. terror, horror.
entsetzlich, a. terrible, horrible.
entstehen, v. n. to begin, originate.
entweihen, v. a. to profane, desecrate.
entwickeln, v. a. to unfold, unravel.
Entwurf, m. scheme.
entziehen, sich, v. r. to shun, avoid.
entzünden, v. a. to kindle, inflame.
Epistel, f. epistle.
er, sie, es, prn. he, she, it.
erbärmlich, a. miserable.
erbaulich, a. edifying.
Erbauung, f. edification.
Erbe, m. heir.
erbittern, v. a. to embitter.
erblicken, v. a. to perceive.
Erbtheil, m. inheritance.
Erdboden, m. earth, globe.
Erde, f. earth.
erdgeboren, a. earth born.
erdrücken, v. a. to crush, overwhelm.
erdulden, v. a. to endure, suffer.
erfahren, v. a. to experience, learn, know.
erfahren, a. skilled, practised.
Erfahrung, f. experience.
erfreulich, a. causing joy, agreeable.
erfüllen, v. a. to fill, accomplish.
Erfüllung, f. accomplishment.
ergeben, v. a. to deliver up; sich —, v. r. to submit, resign oneself.
ergeben, a. devoted.
ergehen, v. n. to happen, befall.
ergießen, sich, v. r. to flow out, discharge.
ergötzen, v. a. to entertain, amuse.
ergreifen, v. a. to seize, lay hold of; to take up (arms).
erhalten, v. a. to keep.
Erhaltung, f. preservation.
erhaschen, v. a. to catch, capture.
erhellen, v. a. to illuminate, light.
erhöhen, v. a. to heighten; lift up, elevate.
erinnern, sich, v. r. to remember.
Erinnerungstraum, m. dream of memory.   [declare.
erkennen, v. a. to perceive, pronounce,
erklären, v. a. to explain.
erlauben, v. a. to permit, allow.
erleben, v. a. to experience, survive.
erleuchten, v. a. to lighten, illumine.

Erleuchtung, f. light, illumination.
erliſten, v. a. to obtain by artifice.
erlöſchen, v. n. to go out, be extinguished.
Ermahnung, f. exhortation.
ermorden, v. a. to murder. [debase.
erniedrigen, v. a. to lower, humble,
Ernſt, m. gravity, seriousness.
ernſt, a. earnest, serious.
ernſthaft, a. grave.
ernſtlich, a. earnest.
erobern, v. a. to conquer, overcome.
eröffnen, v. a. u. r. to open.
erquicken, v. a. to refresh.
errathen, v. a. to guess.
erregen, v. a. to excite, raise up.
erreichen, v. a. to get at by reaching;
to obtain, acquire.
erretten, v. a. to save, rescue.
erringen, v. a. to obtain by strenuous
erſäufen, v. a. to drown. [efforts.
erſcheinen, v. n. to appear.
Erſcheinung, f. appearance.
erſchleichen, v. a. to obtain falsely,
deceitfully. [frightened.
erſchrecken, v. a. u. n. to frighten; to be
erſchüttern, v. a. to shake, agitate.
Erſchütterung, f. shock, concussion.
erſetzen, v. a. to supply, replace,
make good.
erſt, a. first; das erſte Mal, erſtemal,
the first time. —, adv. first; —
geſtern, only yesterday. [prised.
erſtaunen, v. n. to be astonished, sur-
Erſtaunen, n. astonishment.
erſteigen, v. a. to climb up, mount,
ascend, scale.
erſtlich, adv. in the first place.
erwachen, v. n. to wake, awake.
erwärmen, v. a. to warm, excite.
erwarten, v. a. to expect.
erwehren, ſich, v. r. to keep off; to
defend oneself from.
erweichen, v. a. to soften, mollify.
erwerben, v. a. to gain, earn, obtain.
erwünſcht, a. wished for.
erwürgen, v. a. to strangle.
erzählen, v. a. to tell, relate, narrate.
Erzählung, f. tale, anecdote.
erzeigen, v. a. to show, render.
erziehen, v. a. to bring up, educate.
eſſen, v. a. to eat.
etwas, prn. something; —, adv.
some; ſo —, such a thing.

euer, prn. your.
ewig, a. eternal, perpetual.
Execution, f. execution.
Executionsmorgen, m. morning of an
Exercitium, n. exercise. [execution.
Fackel, f. torch.
Faden, m. thread.
fahen, v. a. to catch, seize, take.
fähig, a. capable of.
Fahne, f. flag, standard.
fahren, v. n. to go, move, ride.
Fall, m. fall: case, contingency.
fallen, v. n. to fall.
falſch, a. false.
Falte, f. fold; recess (of the heart).
Familienverhältniß, n. family affair.
fangen, v. a. to catch, capture.
faſſen, v. a. to seize, grasp; ſich —,
v. r. to compose oneself.
Faſſung, f. composure, self-command.
faſt, adv. almost, nearly.
Faſtnachtsſpiel, n. carnival, play, farce.
Faß, m. cask.
fatal, a. fatal, disagreeable.
Faullenzer, m. lazybones.
Fauſt, f. fist.
Feder, f. pen.
fehlen, v. n. to fail, miss; to be absent.
Fehler, m. fault, miss.
fehlſchlagen, v. n. to miss one's blow
to prove abortive, fail.
feiern, v. n. to keep holiday.
feig, a. cowardly.
fein, a. fine, elegant.
Feind, m. enemy.
feindſelig, a. inimical, hostile.
feiſt, a. fat.
Feld, n. field.
Feldbau, m. agriculture.
Fels, m. rock, cliff.
Fenſter, n. window.
Ferdinand, pr. n. Ferdinand.
Ferne, f. remoteness, distance.
ferner, adv. further, farther.
fertig, a. ready, finished.
Feſſel, f. chain.
feſſeln, v. a. to fetter, chain.
Feſt, n. feast.
feſt, a. fast, strong, firm, close, tight.
feſthalten, v. a. to seize, hold fast.
feſtſetzen, v. a. to settle, fix, establish,
fett, a. fat, rich.
feucht, a. damp.
Feuer, n. fire.

Feuerblick, m. look of fire.
Feuerbrand, m. fire-brand.
feuerroth, a. fiery red, red as fire.
Figur, m. figure.
finden, v. a. to find.
Finger, m. finger; durch die — sehen, to connive at.
flach, a. flat, plain, level.
Flamme, f. flame.
flammen, v. n. to flame, blaze.
Flandern, geogr. Flanders.
Fläschchen, n. vial.
Fleck, m. spot, stain.
flehen, v. n. to pray, implore, sup- [plicate.
Fleiß, m. industry.
fleißig, a. industrious.
Fliege, f. fly.
fliehen, v. n. to flee.
fließen, v. n. to flow, stream.
Flor, m. gauze, crape, veil.
Flucht, f. flight, escape.
flüchten, v. n. to flee.
flüchtig, a. flighty, fleeting.
Flügel, m. wing.
Fluß, m. river.
Folge, f. consequenze.
folgen, v. n. to follow.
folgsam, a. obedient.
fordern, v. a. to demand, challenge.
förmlich, a. formal, ceremonial.
fort, adv. on, forwards, away.
fortgehen, v. n. to go away.
fortjagen, v. a. to hunt, drive away; ihn — jagte, turned him off.
fortkommen, v.n.to come —, get away.
fortlaufen, v. n. to run away; to go on.
fortleben, v. a. to continue to live, survive.
fortpflanzen, v. a. to transplant, pro- [pagate.
Frage, f. question.
fragen, v. a. to ask, demand.
Franzose, m. Frenchman.
Fraß, m. eating, appetite; prey.
Frau, f. woman, wife.
frech, a. shameless, audacious.
Frechheit, f. shamelessness, insolence.
frei, a. free, frank.
Freiheit, f. freedom, liberty.
freilich, adv. indeed, to be sure.
fremd, a. strange, foreign.
Fremde, m. stranger.
fressen, v. a. (of animals) to eat, feed.
Fressen, n. food.
Freude, f. joy.

Freudenschrei, m. cry of joy.
freudvoll, a. joyful.
freuen, sich, v. r, to rejoice.
Freund, m. Freundin, f. friend.
freundlich, a. friendly, agreeable; — begegnen, to treat kindly.
Freundschaft, f. friendship.
freundschaftlich, a. friendly.
Friede, m. peace.
friedlich, a. peacable.
Friedrich, pr. n. Frederick.
Friesländer, m. Frieslander.
frisch, a. fresh, new.
Frist, f. space.
Fritz, pr. n. Fred. (abgekürzt st. Frede- [rick).
froh, a. joyful, glad.
fröhlich, a. joyful, joyous.
Fröhlichkeit, f. mirth, merriment.
fromm, a. holy, pious.
frommen, v. n. to avail, profit.
Frosch, m. frog.
Fruchtboden, m. granary.
fruchten, v. n. to be of use; to avail.
fruchtlos, a. fruitless.
früh, a. early.
Frühe, f. early time.
fühlbar, a. sensible, perceptible.
fühlen, v. a. u. n. to feel, touch, be sensible of.
fühllos, a. insensible, unfeeling.
führen, v. a. to lead, to carry.
fünfte, num. fifth.
funkeln, v. n. to sparkle, scintillate.
für, prp. for.
fürbaß, adv. forward, on.
Furcht, f. fear.
fürchten, v. a. to fear.
fürchterlich, a. dreadful.
furchtsam, a. timid.
fürlieb, adv. — nehmen, to put up with a thing.
Fürst, m. prince.
Fürstin, f. princess.
Fuß, m. foot.
Fußgänger, m. pedestrian.
Fußtritt, m. footstep.
gaffen, v. n. to gape, stare.
gähnen, v. n. to yawn, gape.
gähren, v. n. to ferment.
Gährung, f. fermentation.
gallenschwarz, a. gall-black.
Gallerie, f. gallery.
Gang, m. course, going.
ganz, a. whole, entire; —, adv. und
gar, quite, totally.

gar, adv. quite, very, entirely.
Garn, n. yarn.
garstig, a. bad.
Gasse, f. street.
Gast, m. guest.
gastiren, v. a. to treat, feast.
Gastmahl, n. banquet, feast.
Gäßchen, n. lane, little street.
gebären, v. a. to bring forth, bear.
geben, v. a. to give.
Geberde, f. gesture, posture.
geberden, sich, v. r. to demean, be-
Gebet, n. prayer.   [have oneself.
geborgen, a. saved, secure.
gebrauchen, v. a. to use.
Gebühr, f. duty, due; —en, pl. taxes,
Geburt, t. birth.   [tribute.
Gedächtniß, n. memory, remembrance.
Gedanke, m. thought, idea, notion.
gedankenvoll, a. thoughtful. [succeed.
gedeihen, v. n. to increase, prosper,
gedenken, v. n. to think of, remember,
    purpose, have a mind, contemplate.
Geduld, f. patience.
gefährlich, a. dangerous.
Gefährte, m. companion.
gefällig, a. courteous, kind, pleasing.
Gefälligkeit, f. kindness.
Gefängniß, n. prison.
Gefahr, f. danger.
Gefallen, m. pleasure, service.
gefallen, v. n. to please.
gefangen, p. a. cought; — nehmen,
    to take prisoner.
Gefangene, m. prisoner.
Gefangenschaft f. imprisonment.
Gefilde, n. fields, plains.
Gefolge, n. train, attendants.
gegen, prp. towards, to, against.
Gegend, f. neighbourhood, region.
Gegenstand, f. object.
Gegentheil, n. contrary.
Gegenwart, f. presence.
gegenwärtig, a. present.
Gegner, m. opponent, enemy.
gehässig, a. odious, hateful, invidious.
geheim, a. secret.
Geheimniß, n. secret.
geheimnißvoll, a. secret.
Geheimschreiber, m. private secretary.
gehören, v. n. to belong to, apper-
    tain to; to be fit, suitable.
gehorchen, v. n. to obey.
Gehorsam, m. obedience.

gehorsam, a. obedient.
Geist, m. spirit, soul, mind.
geistlich, a. spiritual, clerical,
Geißel, f. whip; scourge.
Gelöch, n. cookery; ein ander —, a
    different sort of dish.
Gelag, n. banquet.
gelangen, v. n. to arrive, get, come at.
gelassen, a. quiet; calm, gentle, passive.
Gelassenheit, f. calmness, tranquillity.
geläufig, a. fluent.
gelbbraun, a. yellow-brown.
Geld, n. money.
Gelegenheit, f. opportunity.
Gelehrte, m. scholar.
Geliebte, f. beloved.
gelind, a. mild.
gelt, i. is it not so?
gelten, v. n. to be current, have au-
    thority, to pass for; to be worth.
Gemälde, n. picture.   [prevail.
gemein, a. common, base.
Gemeingeist, m. public spirit.
Gemüth, n. mind, disposition.
genau, a. precise, exact, accurate,
geneigt, a. inclined.   [strict.
General, m. general.   [amnesty.
General-Pardon, m. general pardon.
genesen, v. n. to recover, grow well,
    —, p. a. convalescent.
genießen, v. a. to enjoy.
Genius, m. genius.
Genosse, m. companion.
Gent, geogr. Ghent.
Genter, m. man of Ghent.
genug, adv. sufficient, enough.
Genuß, m. enjoyment.
gepolstert, p. a. stuffed, cushioned.
gerade, a. straight, direct; —, adv.
    directly, exactly.
geräumig, a. ample, large, roomy.
Gerassel, n. clatter, rattle.
Geräusch, n. noise.
gerecht, a. right, just.   [ness.
Gerechtigkeit, f. law, justice, righteous-
Gerechtsame, f. right, privilege.
Gericht, n. court, tribunal.
gering, a. little, trifling.
gern, adv. willingly, gladly, with;
Geruch, m. smell.   [pleasure.
Gerüst, n. scaffold.
Geschäft, n. business.
geschäftig, a. busy, employed.
geschehen, v. n. happen, take place.

geſcheidt, a. clever.
Geſchichte, f. history, story.
Geſchichtſchreiber, m. historian.
Geſchick, n. fate, destiny.
Geſchicklichkeit, f. skill.
Geſchlecht, n. race, sex, generation.
Geſchleppe, n. train.
Geſchmack, m. taste.
Geſchöpf, n. creature.
Geſchoß, n. shot; gun.
geſchwind, a. quick.
geſellen, v. a. u. refl. to accompany, join, join oneself to, associate with.
Geſelligkeit, f. sociability. conviviality.
Geſellſchaft, f. society, company.
Geſetz, n. law, rule.
geſetzlich, n. lawful, legal.
geſetzt, p. a. composed, quiet, grave; suppose.
Geſicht, n. face. [in case,
Geſichtsfarbe, f. complexion.
Geſinnung, f. mind, view, opinion, sentiment.
Geſpenſt, n. spectre. [sentiment.
Geſpinnſt, n. what is spun, web.
Geſpräch, n. discourse, conversation.
Geſtalt, f. shape, form, figure.
geſtatten, v. a. to permit, allow.
geſtehen, v. a. u. n. to confess, own, avow.
geſtern, adv. yesterday. [avow.
Geſticke, n. embroidery.
Geſtirn, n. star, stars.
geſund, a. healthy.
Geſundheit, f. health. toast.
getreu, a. faithful.
Getrommel, n. drumming.
Getümmel, n. bustle, noise.
Gevatter, m. god-father, gossip.
gewähren, v. a. to certify, allow, attest.
Gewalt, f. power, might, force.
gewaltig, a. powerful.
gewaltſam, a. powerful, violent.
Gewand, n. garment, raiment.
gewärtig, adv. waiting, attentive to.
Gewerbe, n. trade, profession, craft, industry.
gewinnen, v. a. to win, gain.
Gewinnſt, m. profit, gain, advantage.
Gewiſſen, n. conscience. [science.
Gewiſſenszwang, m. constraint of congewiß, a. certain, sure. true; —, adv. certainly.
Gewißheit, f. certainty.
Gewitter, n. thunderstorm.
gewohnen, v. n. to get used to.
Gewohnheit, f. custom, habit.

gewöhnlich, a. usual.
gezwungen, p. a. forced.
Gift, n. poison.
Gipfel, m. summit, peak; gable (of a house).
Gitter, n. lattice, bar. [a house).
glänzend, a. shining, brilliant.
Glas, n. glass.
Glaube, m. faith.
glauben, v. a. to believe. think.
gleich, a. even, straight; —, adv. equally, directly, like.
gleichen, v. n. to equal, resemble.
gleichgültig, a. indifferent.
Gleichgültigkeit, f. indifference.
gleichſam, adv. as it were, almost.
Glied, n. limb, member, joint.
Glück, n. happiness, luck.
glücklich, a. happy.
glühen, v. n. to glow.
Gnade, f. grace, honour.
Gnadengehalt, m. pension.
gnädig, a. gracious.
Gold, n. gold.
golden, a. golden.
gönnen, v. a. to permit, allow, grant.
Gott, m. God.
Gottesbild, n. image of God.
Gottesdienſt, m. service of God.
Gottesläſterer, m. blasphemer.
göttlich, a. godly, godlike.
Grab, n. grave, tomb.
Graf, m. Earl, Count.
gram, a. indecl., adverse to, angry with.
Gränze, f. boundary, frontier.
gräßlich, a. horrible, terrible.
grauen, v. n. to turn gray; der Morgen graut, the day dawns.
grauſam, a. cruel.
Grauſamkeit, f. cruelty.
grauſen, v. n. u. imp. to shudder.
Gravelingen, geogr. Gravelines.
greifen, v. a. u. n. to grasp.
Greis, m. old man.
Griechenland, geogr. Grece.
Grille, f. caprice, idle thought, — n, pl. ill-humour.
Grimm, f. fury, rage.
grimmig, a. enraged, wrathful.
groß, a. great.
Großmeiſter, m. grand-master.
grübeln, v. n. to grub, to rack one's brains; to muse.
Grund, m. ground, background; zu — e gehen, to perish, be ruined.

grünben, v. a. to found.
Grunbfaß, m. principle, axiom, maxim.
grüßen, v. a. to greet, salute.
Gunſt, f. favour; ʒu meinen —en, in
gut, a. good.   [my favour.
Gut, n. possession, property.
Güte, f. kindness.
gutherʒig, a. good-hearted, good-
Gutherʒigkeit, f. kindness. [natured.
Haar, n. hair.
haben, v. a. to have, possess.
Habſucht, f. covetousness.
Hacke, f. hoe, hatchet.
Hagelwetter, n. hailstorm.
halb, a. half.
halber, prp. for, on account of.
halberwacht, a. half-awake.
Hals, m. throat.
halt! ij. halt.
halten, v. a. to hold, to consider.
Hammer, m. hammer.
Hand, f. hand.
Handel, m. trade business; quarrel.
handeln, v. n. to do; to trade, traffic, act.
Händebruck, m. squeeze (pressure) of
the hand.
handfeſt, a. strong, robust.
Handlung, f. action; trade.
Handwerk, n. work, handiwork.
hangen, v. n. to hang.
hängen, v. n. to hang, suspend.
Harmonie, f. harmony.
hart, a. hard, rough.
Härte, f. harshness.
haſchen, v. a. to catch; apprehend,
Haß, m. hate, hatred.   [scize.
Hauch, m. breath.
hauchen, v. a. to exhale.
hauen, v. a. to hew, cut.
häufen, v. a. to heap up, hoard.
Haufen, m. heap, troop, band, crowd,
Haupt, n. head.
Hauptmann, m. captain.
Hauptpunkt, m. chief point.
Haus, n. house; ʒu — e, at home;
nach — e, home.
Hausherr, m. master of the house.
heben, v. a. to lift, raise up, elevate.
Heer, n. army.
Heerbe, f. herd, flock.   [vehement.
heftig, a. strong, violent, impetuous,
hegen, v. a. to foster, cherish.
Heil, n. health, soundness, salvation;
— , ij. hail.

heil, a. unhurt, whole, sound.
heilen, v. n. to heal; —, v. a. to cure.
heilig, a. holy.
Heilige, m. saint.
Heiligthum, m. sanctuary.
heilſam, a. healing, wholesome
Heimath, f. home.
heimlich, a. secret.
Heinrich, pr. n. Henry.
heirathen, v. a. u. n. to marry.
heißen, v. a. to call, name; — v. n.
Held, m. hero.   [to be called.
Heldengeſchichte, f. tale of a hero,
tale of chivalry.
heldenmäßig, a. heroic.
Heldenmuth, m. hero courage.
helfen, v. n. to aid, help.
Hellebarde, f. halberd.
Helm, m. helmet.
Henker, m. executioner.
her, adv. hither; since, ago; es iſt
lange —, it is long ago.
herab, adv. down.
herauf, adv. up, upwards.
heraus, adv. out.
herausgeben, v. a. to give out, up.
herbei, adv. hither, here.
herbringen, v. a. to bring hither,
hand down; hergebracht, p. a. tra-
ditional, conventional.
herein, adv. in, into.
Herkommen, n. origin, descent, custom.
herlaufen, v. n. to come running.
hernach, adv. afterwards, then.
Herr, m. master, Sir, Lord.
herrlich, a. glorious, delightful.
herrſchen, v. n. to reign, govern.
Herrſcher, m. lord, master.
herſtellen, v. a. to restore.
herüber, adv. over, across.
herübereilen, v. n. to hasten over.
herum, adv. about.
herumführen, v. a. to lead about.
herumtrommeln, v. n. to drum about.
herumʒiehen, v. a. to draw about.
herunter, adv. down.
hervor, adv. forth, out, forward.
Herz, n. heart; von —en, heartily.
herʒen, v. a. to embrace.   [heart.
Herʒensangſt, f. anguish, anxiety of
herʒhaft, a. stout-hearted, bold.
Herʒog, m. duke.
heßen, v. a. to bait, incite, set on.
heute, adv. to day.

heutig, a. of this day, present.
himmelhoch, a. high as heaven.
hinaus, adv. out, forth. [away.
hinreißen, v. a. to hurry along, carry
hinschleppen, v. n. to drag along.
hinter, prp. back, behind.
Hinterhalt, m. reserve.
hinterlassen, v. a. to leave behind.
hintreiben, v. a. to drive to.
hinüber, adv. over, across.
hinunter, adv. down.
Hirn, n. brain, brains.
Hirt, m. shepherd.
Historie, f. history.
hoch, a. high, ij. hurrah!
höchst, adv. most.
Hochverrath, m. high-treason.
Hof, m. court.
Hofcadenz, f. court-cadence.
hoffen, v. a. to hope, expect.
Hoffnung, f. hope.
Hofleute, pl. courtiers.
höflich, a. polite.
Höflichkeit, f. politeness.
Höfling, m. courtier.
Höhe, f. height; in die —, aloft.
Hoheit, f. highness.
hohl, a. hollow.
hohläugig, a. hollow-eyed.
hold, a. kind, favourable.
Holländer, m. Dutchman.
Hölle, f. hell.
Holzschnitt, m. woodcut.
Holzwerk, n. wood-work.
horch! ij. hark!
horchen, v. n. to hearken, listen.
hören, v. a. u. n. to hear.
Hosen, pl. breeches.
hübsch, a. pretty.
Hügel, m. hill.
Hülle, f. veil, cover.
Hund, m. dog.
hundert, num. hundred.
Hunger, m. hunger; — haben, to be
husten, v. n. to cough. [hungry.
Hut, m. hat. [guard, keep.
hüten, v. a. to look after, watch,
ich, prn. I.
ihr, prn. her; their.
ihretwillen, adv. for her ob. their sake.
ihrige, prn. hers; theirs.
immer, adv. ever, always.
in. prp. in, into.
indem, cj. while, when.

indessen, indeß, adv. in the meanwhile.
ingleichen, cj. moreover, also.
inner, a. inner, interior.
innerlich, a. inward, internal, heartfelt.
innerst, a. inmost, innermost.
Inquisit, m. accused person, criminal.
Inquisitionsdiener, m. servant of the
inquisition, familiar.
Instruction, f. instruction.
Invalide, m. invalid.
inwendig, a. inside, interior.
irgend, adv. any; — einer, some one.
irgendwo, adv. somewhere.
irre, a. u. adv. out of the right way;
— machen, to perplex, confuse.
irren, v. n. to err, go astray; sich
—, v. rl. to make a mistake.
Italienisch, adv. Italian.
Italien, geogr. Italy.
ja, adv. yes.
Jagdkleid, n. hunting-dress.
jagen, v. a. to hunt.
Jagen, n. hunting.
Jäger, m. hunter.
Jahr, n. year.
Jahrhundert, n. century.
Jahrzahl, f. number of the year.
Jammer, m. misery.
jammern, v. a. to lament, grieve.
jauchzen, v. n. to shout, triumph.
je, adv. ever; von —her, ever be-
fore; o —, interj. oh Lord!
jeder, prn. every, every one.
jener, prn. that one.
jetzt, adv. now.
Joch, n. yoke.
jubiliren, v. n. to jubilate, triumph.
jucken, v. a. u. n. to itch.
Jugend, f. youth.
jugendlich, a. youthful.
jung, a. young.
Junge, m. boy.
Jungfrau, f. virgin, maiden.
jungfräulich, a. maidenly.
Jüngling, m. youth.
just, adv. just, but.
Kaiser, m. emperor.
kalt, a. cold.
Kammer, f. room, chamber.
Kamerad, m. comrade.
Kanne, f. can.
Kanone, f. cannon.
Kanzel, f. pulpit.
Kapitel, n. chapter.

Kasten, m. chest, box.
Kater, m. tom-cat.
Katholik, m. Catholic.
Katze, f. cat.
kauen, v. a. to chew.
kaufen, v. a. to buy.
Kaufleute, pl. merchants.
kaum, adv. scarcely.
Kehle, f. throat.
kehren, v. a. to sweep.
Kehricht, n. sweeping, rubbish.
kein, prn. a, no, none.
keinerlei, a. indecl., of no sort.
Keller, m. cellar.
kennen, v. a. to know.
Kenntniß, f. knowledge.
Kerker, m. jail, prison.
Kerl, m. fellow, blockhead.
Kern, m. kernel, pith, hearth, marrow.
kerzengrad, a. bolt-upright.
Kette, f. chain.
Ketzer, m. heretic.
Ketzerei, f. heresy.
Keulschlag, m. stroke of a club.
Kind, n. child.
kindisch, a. childish.
Kirche, f. church.
Klage, f. complaint.
klagen, v. n. to lament, wail, complain.
Klang, m. sound.
klar, a. clear.
Klarheit, f. clearness, transparency.
klatschen, v. n. to splash, clap.
Klaue, f. claw.
Kleid, n. dress.
kleiden, v. a. to dress, clothe.
klein, a. small.
Kleinigkeit, f. trifle.
kleinlich, a. little, petty.
Kleinod, n. jewel, treasure.
klingen, v. n. to sound, ring.
klopfen, v. a. u. n. to beat, knock, pat (a horse).
Kloster, n. cloister, convent.
klug, a. wise, clever.
Klugheit, f. wisdom, sagacity, subtlety.
Knabe, m. boy.
Knecht, m. servant.
Knie, n. knee.
knieen, v. n. to kneel.
knickern, v. n. to haggle, be parsi-
knirren, v. n. to creak. [monious.
knirschen, v. n. to crush.
Knoten, m. knot.

knüpfen, v. a. to join, unite, fasten.
kochen, v. a. u. n. to cook, boil.
Köchin, f. cook.
kommen, v. n. to come.
König, m. King.
Königin, f. Queen.
königlich, a. kingly.
Königreich, n. kingdom.
können, v. a. to be able.
Kopf, m. head.
köpfen, v. a. to behead.
kostbar, a. costly.
kosten, v. a. to taste.
Kosten, pl. expense.
krachen, v. n. to crack, crash.
Kraft, f. strength, force, power.
kräftig, a. strong, powerful.
Krämer, m. merchant, shopkeeper.
Kranke, m. sick man, invalid.
Kränkung, f. hurt, grief.
Kranz, m. wreath, crown.
Krebs, m. crab.
Kreis, m. circle, circuit. [cycle.
Kreislauf, m. circulation, gyration,
Kreuzspinne, f. cross (garden) spider.
Krieg, m. war.
kriegen, v. a. to get.
Krieger, m. warrior.
kriegerisch, a. warlike, martial.
Kriegsgeselle, m. comrade in war.
Krone, f. crown, top (of a tree).
Küche, f. kitchen.
Kugel, f. ball, bullet.
kühlen, v. n. to cool, refresh.
kühn, a. bold,
Kühnheit, f. boldness.
Kummer, m. sorrow, grief.
kund, a. known; — geben, — machen, to show, manifest.
Kunkelhof, m. spinning court.
kurz, a. short.
Kuß, m. kiss.
lachen, v. n. to laugh; —, n. laugh.
lächeln, v. n. to smile.
laden, v. a. to invite, summon.
Lage, f. situation.
Lager, n. couch, bed.
lähmen, v. a. to lame.
Lampe, f. lamp.
Land, n. land, country.
Landesherr, m. lord of the country.
Landrecht, n. country's right.
Landsleute, m. pl. countrymen.
Landsmann, m. countryman.

Landstände, pl. constitutional estates.
lang, a. long.
lange, adv. a long time.
langen, v. n. to stretch, reach after.
Langeweile, f. tediousness.
langfüßig, a. long-footed.
langsam, a. slow.
längst, a. longest; —, adv. long ago.
Lanze, f. lance, spear.
lärmen, v. n. to noise, make a noise.
lassen, v. a. u. n. to let, leave, per-
Last, f. burden, load. [mit allow.
lasten, v. n. to weigh, press heavily
  on; to oppress.
Lästermaul, n. blasphemer.
lästern, v. a. u. n. to revile, abuse,
  slander, calumniate.
Lästerung, f. abuse, blasphemy.
lateinisch, a. Latin; — e Brocken,
  scraps of Latin.
Lauer, f. lurking-place, ambush.
Lauf, m. course, way.
laufen, v. n. to go, run.
läugnen, v. a. to deny.
Laune, f. humour.
launisch, a. ill-tempered.
lauschen, v. n. to listen, watch, to lie in
laut, a. loud, aloud. [wait.
Laut, m. sound, tone.
lauter, adv. mere.
Leben, n. life.
lebendig, a. living, lively.
Lebensart, f. mode of life.
lebenslang, a. life-long.
Lebenslust, f. love of life.
Leber, f. liver.
Lebewohl, n. farewell, good by'e.
lebhaft, a. lively; vivid.
leblos, a. lifeless, inanimate.
ledig, a. free, single, unmarried.
leer, a. empty, vain.
legen, v. a. to lay, put, place.
lehnen, v. n. to lean, lie, recline.
Lehre, f. teaching.
Lehrer, m. teacher.
Leib, m. body.
Leibstück, m. favourite piece.
Leibwache, f. bodyguard.
Leiche, f. dead body, corpse.
leicht, a. light, easy.
leichtgläubig, a. credulous.
Leichtsinn, m. levity, frivolity.
leichtsinnig, a. inconsiderate.
Leid, n. pain, grief.

leiden, v. a. u. n. to suffer, bear.
Leidenschaft, f. passion.
leider, ij. alas.
leidvoll, a. sorrowful.
leihen, v. a. to lend.
leise, a. gentle, soft, aside.
leiten, v. a. to lead, conduct, direct.
Leiter, f. ladder.
lenken, v. a. to turn, govern, manage.
lernen, v. a. u. n. to learn.
lesen, v. a. u. n. to read.
Letter, f. letter, character, type.
letzt, a. last.
letztemal, adv. the last time.
leuchten, v. n. to light, lighten.
Leute, pl. people.
Licht, n. light.
lieb, a. dear; — haben, to love.
Liebchen, n. love, sweetheart.
Liebe, f. love.
lieben, v. a. u. n. to love.
Liebende, m. f. lover.
lieber, adv. rather.
Liebesdienst, m. service of love.
liebevoll, a. full of love, kind.
Liebhaber, m. lover.
lieblich, a. lovely, charming.
Liebste, m. dearest; love.
Lied, n. song. [gligent.
liederlich, a. loose, disorderly, ne-
liefern, v. a. to deliver, yield.
liegen, v. n. to lie.
Lille, geogr. Lille.
Linie, f. line.
links, adv. on the left.
Lippe, f. lip.
lispeln, v. n. to lisp, whisper.
List, f. craft, cunning, finesse.
Livree, f. livery.
Lob, n. praise.
loben, v. a. to praise, commend.
Loblied, n. song of praise.
locken, v. a. u. n. to decoy, allure.
Lohn, m. reward.
lohnen, v. a. to reward, pay.
Loos, n. lot.
Loostopf, m. urn for lots, lottery.
Lorbeerkranz, m. crown of laurel.
los, a. loose, quit, free.
losbinden, v. a. to untie, loosen.
losbrechen, v. a. u. n. to break loose.
löschen, v. a. to quench, extinguish.
lose, a. loose, dissolute.
lösen, v. a. to loose, dissolve, deliver.

losreißen, v. a. to tear away.
Löwenhaut, f. lion's skin.
Luft, f. air.
Lüge, f. lie.
lügen, v. n. to lie.
Lumpen, m. rag, tatter.
Lumpengesindel, n. rabble.
lumpig, a. ragged.
Lust, f. joy, pleasure, desire.
Lustbarkeit, f. pleasure.
lustig. a. merry.
machen, v. a. to make.
Macht, f. force, power.
mächtig, a. powerful.
Mädchen, n. girl, maiden.
Mädel, n. st. Mädchen, girl.
Madrid, geogr. Madrid.
Mahl, n. meal, repast.
Mährchen, n. tale.
Majestät, f. majesty.
majestätisch, a. majestic.
Majestätsschänder, m. violator of ma-
   jesty, high-traitor.
malen, v. a. to paint.
man, prn. one. they, people.
manche, prn. some, many.
mancherlei, a. indecl. of many sorts.
manchmal, adv. often, sometimes, dif-
Manier, f. manner.   [ferent.
Mann, m. man, husband.
männlich, a. manly.
Mannsbild, n. man.
Mannschaft, men, forces.
Mannszucht, f. discipline.
Mantel, m. cloak, mantle.
Margarethe, pr. n. Margaret.
Marienbild, n. picture of the Virgin
Mark, n. marrow.   [Mary.
Markt, m. market.
marschiren, v. n. to march.
Maschine, f. machine.
mäßig, a. moderate, dim.
Maßregel, f. measure.
Maßstab, m. rule, measure.
Mattigkeit, f. languor, weakness.
Mauer, f. wall.
Maul, n. mouth, jaw; — halten, to
   hold one's tongue.
Maus, f. mouse.
Meer, n. sea.
mehr, a. u. adv. more.
mehren, v. a. to increase.
Meile, f. mile.
mein, prn. my; mine.

meinetwillen, adv. on my account,
   for my sake.
meinige, prn. mine.
Meinung, f. meaning, opinion.
meist, adv. for the most part, prin-
Meister, m. master.   [cipally.
melden, v. a. to announce.
Memme, f. coward, craven.
Menge, f. multitude.
Menin, geogr. Menin.
Mensch, m. man.
Menschenseele, f. human soul.
Menschheit, f. humanity, mankind.
menschlich, a. human.
merken, v. a. to perceive, observe.
merklich, a. remarkable.
meuchelmörderisch, a. like an assassin.
Meuterei, f. mutiny.
mild, a. mild.
Miliz, f. militia.
Minute, f. minute.
mischen, v. a. to mix, mingle, blend.
Mistgabel, f. dung-fork.
mißbilligen, v. a. to disapprove of.
mißdeuten, v. a. to misinterpret,
   misconstrue.
mißgönnen, v. a. to envy, grudge.
mißleiten, v. a. to mis-direct, mislead.
Mißtrauen, m. distrust.
mißverstehen, v. a. to mis-understand.
mit, prp. with, by, at, on.
mitgehen, v. n. to go with, accompany.
mitschuldig, a. accessory.
mitspielen, v. a. u. n. to play with;
   (mit dat.) to abuse, use roughly.
Mitte, f. middle.
Mittel, n. means, method.
Mittelthür, f. centre door.
mitten, adv. in the midst, in the
Mitternacht, f. midnight. [middle of.
mittheilen, v. a. to give a share of;
   to communicate with.
mitwirken, v. n. to co-operate with.
Moder, m. mud, decay.
mögen, v. n. may; was ich möchte,
   what I should like.
möglich, a. possible.
Monat, m. month.
Mord, m. murder.
Mordart, f. murderous axe.
Mörder, m. murderer.
Mordgerüst, n. scaffold.
Mordsinn, m. murderous disposition.
Morgen, m. morning.

morgen, adv. to morrow.
Morgenroth, n. dawn, daybreak.
morgens, adv. in the morning.
Motion, f. movement.
müde, a. weary, tired.
Mühe, f. pains, trouble.
Mühle, f. mill.
mühfelig, a. laborious.
Mund, m. mouth.
Mündung, f. mouth.
munter, a. awake, lively.
murmeln, v. n. to murmur, mutter.
mürrisch, a. sarly, sulky, morose.
Musik, f. music.
müssen, v. n. must, to be obliged.
mustern, v.a. to muster, review, pattern.
müßig, a. idle, vain, unbusied.
Müßiggänger, m. idler.
Muth, m. courage.
muthig, a. courageous.
Muthwille, m. wantonness, looseness.
muthwillig, a. wanton, malicious.
Mutter, f. mother.
Mühe, f. cap.
Myrtenkranz, m. myrtle-crown.
nach, prp. after; to, by, of, according to; — und —, little by
little, by degrees.
nachäffen, v. a. to ape, mimic.
Nachbar, m. neighbour,
Nachbarin, f. neighbour.
nachdem, adv. afterwards, after that.
nachdenken, v. n. to reflect, meditate.
n. meditation.
nachdenklich, a. thoughtful.
Nachgeben, n. compliance, indulgence.
Nachgiebigkeit, f. yielding, toleration.
nachher, adv. afterwards.
nachholen, v. a. to recover, retrieve.
Nachkomme, m. descendant.
nachlässig, a. negligent.
nachlaufen, n. n. to run after.
nachmachen, v. a. to imitate.
Nachricht, f. news.
nachsehen, v. a. to overlook, pardon.
Nachsicht, f. forbearance; indulgence.
nachsprechen, v. a. u. n. to repeat,
nächst, a. next.   [say after one.
Nacht, f. night.
nächtlich, a. nightly.
nachts, adv. at night.
Nachtessen, n. supper.
Nachtwandler, m. somnambulist.
Nachwelt, f. posterity.

Nacken, m. neck.
nackt, a. naked.
nagen, v. a. u. n. to gnaw.
nahe, a. nigh, near.
Nähe, f. neighbourhood; in der —,
near (at hand).
nahen, v.n.u.rl. to approach, draw near.
nähren, v. a. to nourish, maintain.
Näherin, f. sempstress.
Name, m. name.
Narr, m. fool.
Narrenkucte, f. foolscap.
naschen, v. a. u. n. to steal, take
Nase, f. nose.   [by stealth.
Nation, f. nation.
Natur, f. nature.
natürlich, a. natural.
Nebel, m. mist, fog, cloud, haze.
neben, prp. by, near, by the side of.
Nebenbuhler, m. rival.
Nebensache, f. secondary thing.
necken, v. a. u. n. to teaze.
nehmen, v. a. to take.
Neid, m. envy, grudge, jealousy.
neiden, v. n. to envy.
neigen, v. a. to bend, incline, bow.
nein, adv. no.
nennen, v. a. to call by name, to
Netz, n. net.   [name.
neu, a. new; auf's —e, anew, afresh.
neuerdings, adv. lately.
Neuerung, f. innovation, widersprechende
—en, contradicting heresies.
neugierig, a. curious, inquisitive.
neulich, adv. lately, not long ago.
nicht, adv. not.
Nichte, f. niece.
nichts, adv. nothing.
nichtswürdig, a. worthless, unworthy.
nicken, v. n. to nod.
nie, adv. never.
nieder, adv. down.
niederdrücken, v. a. to press down.
Niederlande, pl. geogr. Netherlands.
niederreißen, v. a. to tear down.
niederschießen, v. a. to shoot down.
niederschlagen, v. a. to cast down.
niedersetzen, v. a. to constitute, appoint.
niedersteigen, v. a. to descend.
niedrig, a. mean.
Niedrigkeit, f. baseness, meanness.
niemand, prn. nobody, no one.
nimmermehr, adv. never, no more. [more.
noch, cj. still, yet; — was, something

Notar, m. notary.
Noth, f. need, necessity, distress; — thun, to be necessary.
nöthig, a. necessary.
Nothwendigkeit, f. necessity.
nütz, a. of use, useful.
nun, adv. now, well.
nur, adv. only, but.
nutzen, v. n. to be of use; sich zu —, to benefit oneself.
nützlich, a. useful.
ob, cj. whether, if.
oben, adv. above, on high.
Oberlippe, f. upper lip.
obgleich, cj. although.
oder, cj. or.
offen, a. open, candid.
offenbar, a. open; manifest.
offenbaren, v. a. to make open, disclose.
Offenheit, f. openness, candour.
öffentlich, a. open, public.
öffnen, v. a. u. refl. to open.
oft, adv. often, oft, oftentimes.
ohne, prp. without.
ohnedies, adv. without this.
ohnmächtig, a. powerless.
Ohnmacht, f. weakness, fainting-fit.
Ohr, n. ear.
Opfer, n. sacrifice.
opfern, v. a. to offer up, sacrifice.
Oranien, pr. n. Orange.
Orden, m. order.
ordentlich, a. orderly, proper.
Ordnung, f. order.
Ordre, f. order.
Paar, n. pair, couple.
Pack, n. rabble.
Page, m. page.
Palast, m. palace.
Panier, n. banner, standard.
Papier, n. paper.
Paradies, n. Paradise.
Parma, geogr. Parma.
Partei, f. party, faction.
Patron, m. patron, protector.
Pause, f. pause.
Pein, f. pain, torture. [lash.
peitschen, v. a. u. n. to whip, scourge,
Pelz, m. fur, skin, hide.
Pergament, n. parchment.
Person, f. person; — en, dramatis [Personae.
Pfad, m. path.
Pfaffe, m, priest. parson.
Pfahl, m. stake.

Pfählen, v. a. to impale.
Pfand, n. pledge, security.
Pfeifchen, n. little pipe, fife.
Pfeife, f. pipe, fife.
pfeifen, v. a. u. n., to whistle.
Pfeil, m. arrow.
Pferd, n. horse.
Pfiff, m. cunning.
Pflicht, f. duty.
Pflug, m. plough.
Pforte, f. gate, door.
Pfötchen, n. paw.
Pfründe, f. benefice.
pfui, ij. fie!
pfuschen, v. a. u. n. to meddle, dabble in.
Phantasie, f. fantasy, fancy.
Philipp, pr. n. Philip.
plagen, v. a. to plague, tease.
Plan, m. plan, plot, design.
Platz, m. place, situation.
plündern, v. a. to rob, pillage, plunder.
Pöbel, m. mob, populace.
Podagra, n. gout.
Politik, f. politics, pl.
politisch, a. politic, political.
prächtig, a. splendid.
Präjudiz, f. prejudice.
Prediger, m. preacher.
predigen, v. a. to preach.
preisen, v. a. to praise. [mendable.
preiswürdig, a. praiseworthy, com-
Pritschmeister, m. mace-master.
Privilegium, n. privilege, charter.
Probe, f. trial, proof.
probiren, v. a. to try.
Project, n. project, scheme.
Protokoll, n. protocol.
Provinz, f. province.
prüfen, v. a. to prove, try.
Prunk, m. splendour.
Psalm, m. psalm.
Puls, m. pulse.
Punkt, m. point.
punktweise, adv. point by point.
pünktlich, a. punctual, accurate, prompt.
Qual, f. torment, grief, agony.
quälen, v. a. to torment, vex, tease.
Quartier, n. quarter.
Rache f. revenge.
Rad, n. wheel.
rächen, v. a. to revenge, avenge.
rädern, v. a. to break on the wheel.
Raisonniren, n. reasoning, talking.
Rand, m. edge, brink.

rar, a. rare, scarce.
rafch, a. quick.
rafen, v. n. to rave, rage. [raving.
rafend, a. furious, mad, raging,
raffeln, v. n. to rattle, whirl.
Rath, m. counsel, plan, advice; counsellor.
rathen, v. a. to guess, advise.
Rathgeber, m. adviser, counsellor.
räthlich, a. advisable, expedient.
Rathfchlag, m. advice, counsel.
rathfchlagen, v. n. to deliberate.
rauben, v. a. to rob, take away.
rauh, a. rough, rude, coarse.
Raufch, m. inebriety, drunkenness.
raufchen, v. n. to make a noise, murmur.
Rebell, m. rebel.
rebellifch, a. rebellious.
Rechenfchaft, f. reckoning, account.
Rechnung, f. reckoning, charge.
recht, a. right, straight, just; adv. very; —, n. right, justice, privilege; — haben, to be in the right, to be right.
rechtfertigen, v. a. to justify.
Rechtgläubige, m. true believer.
rechtlich, a. righteous. just, honest.
rechts, adv. on the right.
rechtfchaffen, a. just, righteous, honest.
Rector, m. rector.
Rede, f. speech.
Redekunft, f. art of speaking, eloquence.
reden, v. a. u. n. to speak, talk.
redenswerth, a. worth talking about.
rednerifch, a. rhetorical, oratorical.
regen, v. a. u. rl. to stir, move.
Regentin, f. Regent.
regieren, v. a. u. n. to rule, govern.
Regierung, f. government. [control.
Regiment, n. rule, government.
reich, a. rich.
Reich, n. empire.
reichen, v. a. to reach, present; —, v. n. to reach to.
reif, a. ripe.
reiflich, a. mature.
Reihe, f. row.
Reim, m. rhyme.
rein, a. clear, clean, pure.
reifefertig, a. ready, to start, ready for the journey.
reißen, v. a. to tear.
reiten, v. a. u. n. to ride. [charm.
reizen, v. a. to stimulate, irritate,

reizend, a. charming.
Relation, f. relation, report.
Religion, f. religion.
Reft, m. rest, remains.
retten, v. a. to save.
Rettung, f. preservation, rescue.
Reue, f. repentance.
Reverenz, f. reverence.
Richard, pr. n. Richard.
richten, v. a. to direct, turn, judge, condemn; zu Grunde —, to destroy utterly.
Richter, m. judge. [stroy utterly.
Riegel, m. rail. bolt.
Riefe, m. giant.
Rinde, f. rind, bark.
Ring, m. ring, circle.
rings, adv. around; — umher, all round.
Rippe, f. rib. [round.
Ritter, m. knight.
Rittermantel, m. knight's mantle.
Roderich, pr. n. Roderick.
roh, a. rough; ein — es Pferd, an unbroken horse.
rücken, v. a. u. n. to move, proceed.
Rücken, m. back, rear.
Rückficht, f. regard, consideration.
rückwärts, adv. backwards.
Rückweg, m. return.
Ruf, m. report, call.
rufen, v. a. to call.
Ruhe, f. quiet, tranquillity.
Ruhebett, n. couch.
ruhen, v. n. to rest, repose.
ruhig. a. quiet.
rühmen, v. a. to commend, praise.
rühmlich, a. glorious, honorable.
ruhmfüchtig, a. ambitious.
rühren, fich, v. refl. to stir, bestir oneself; die Trommel —, to beat the drum.
rührig, a. active, nimble.
Rumpf, m. trunk, body.
rund, a. round, plain.
Runde, f. round, patrol.
Runzel, f. wrinkle.
Ruthe, f. rod.
rütteln, v. a. to shake.
Saal, m. hall, saloon.
Sache, f. thing, cause.
fachte, adv. gently, softly.
Saite, f. string.
fagen, v. a. u. n. to say, tell.
fammeln, v. a. to collect, gather; fich —, v. rl. to collect oneself.

Sammet, m. velvet.
Sand, m. sand.
sanft, a. soft, calm.
satt, a. satisfied.
säubern, v. a. to clean, cleanse.
Saum, m. hem (of a garment).
sausen, v. n. to rush (of wind).
Schaar, f. band, company.
Schachspiel, n. game at chess.
Schade, m. damage, harm.
schaden, v. n. to hurt, harm.
schädlich, a. injurious.
Schaf, n. sheep.
schaffen, v. a. to do, procure, convey;
  bei Seite —, to get out of the
  way, to create.
schal, a. stale, flat, insipid.
Schale f. shell, bowl, scale.
Schalkspoffe, f. foolish trick.
Schall, m. sound.
schallen, v. n. to sound.
schalten, v. n. to rule, command, chide,
Scham, f. shame.   [rebuke.
schämen, sich, v. rl. to be ashamed, of.
schänden, v. a. to disfigure, revile.
schändlich, a. shameful.
scharf, a. sharp, strong.
Schärfe, f. harshness.
schärfen, v. a. to sharpen.
Scharfrichter, m. executioner.
scharren, v. a. u. n. to scrape, scratch.
Schattirung, f. shading.
schätzen, v. a. value, esteem, prize.
schauderhaft, a. dreadful, horrible.
schaudern, v. n. to shudder.
schauen, v. a. u. n. to look, see, be-
Schauer, m. horror.   [hold.
Schauplatz, m. scene.
Schauspiel, n. drama, spectacle.
Scheibe, f. plate (of glass), window pane.
scheiden, v. a. to divide; — v. n. to
  depart.
Schein, m. appearance, aspect.
scheinen, v. n. to shine, appear, seem.
schelten, v. a. u. n. to scold, chide.
Schellenkappe, f. cap and bells.
Schelm, m. rogue.   [facturer.
Schelmenfabrikant, m. rogue manu-
Schelmenlied, n. rascally song.
Schelmstreich, m. roguish trick.
Schemel, m. stool.
Schenke, f. tavern.
schenken, v. a. to give.
Schenkwirth, m. publican, innkeeper.

Scherz, m. joke, fun.
scherzen, v. n. to joke.
scherzhaft, a. merry.
Scherzrede, f. merry speech, jest.
scheuchen, v. a. to scare, frighten.
scheuen, v. a. u. n. to shun, start,
  shy (as a horse; vor, at).
schicken, v. a. to send.
Schicksal, n. fate, destiny.
schief, a. crooked.
scheußlich, a. abominable, horrible.
schießen, v. a. u. n. to shoot.
Schiff, n. ship.
Schildwache, f. sentinel, sentry.
Schimmer, m. glimmer, glimpse.
schimpflich, a. insulting, disgraceful.
Schlacht, f. battle.
Schlaf, m. sleep; temple.
schlafen, v. n. to sleep.
schläfern, v. n. to feel an inclination
Schlag, m. blow.   [for sleep.
schlagen, v. a. u. n. to beat, strike;
  sich —, v. rl. to fight.
Schlange, f. snake.
schlecht, a. bad.
schleichen, v. n. to crawl, creep.
schleppen, v. a. u. n. to draw, drag.
schließen, v. a. to shut, lock, close.
schlimm, a. bad.   [finish, end.
Schlinge, f. noose, knot.
Schloß, n. castle.
Schlucker, m. devourer; ein armer —,
  a poor wretch.
Schlummer, m. slumber.
schlüpfen, v. n. to slip, glide.
schlüpfrig, a. slippery.
Schlupfwinkel, m. lurking-place.
Schlüssel, m. key.
schmal, a. narrow, small, scanty.
schmalleibig, a. small-bodied.
schmausen, v. n. to feast, to banquet on.
schmecken, v. a. to taste.
schmeicheln, v. n. to flatter.
Schmerz, m. pain, grief.
schmiegen, sich, v. rl., to bend, humble
  oneself, cringe.
Schneider, m. tailor.
Schneiderader, f. tailor's vein.
schnell, a. quick, prompt.
Schnelle, f. speed.
schneuzen, v. a. to snuff (a candle).
Schnitt, m. cut.
Schnur, f. line, cord.
schnüren, v. a. to lace, cord.

Schooß, m. lap, womb.
schon, adv. already.
schön, a. beautiful.
Schöne, f. beauty.
schonen, v. a. to spare.
Schonung, f. forbearance, mercy.
schöpfen, v. a. to draw.
schränken, v. a. to join closely.
Schreck, m. terror, fear.
Schreckbild, n. image of terror.
schreckhaft, a. terrible.
schrecklich, a. dreadful.
Schreckenshand, f. dreadful hand.
Schreckniß, n. horror, horrible object.
Schrei, m. cry.
schreiben, v. a. u. n. to write.
Schreiben, n. writing.
Schreiber, m. secretary, clerk.
schreien, v. a. u. n. to cry.
schreiten, v. n. to stride, step.
Schritt, m. step.
schüchtern, a. shy, bashful, timid.
Schuld, f. guilt, fault; — sein, to
    be in fault.
schuldig, a. owing, guilty.
Schuldner, m. debtor.
Schüler, m. scholar.
Schulknabe, m. schoolboy.
Schulter, f. shoulder.
Schuß, m. shot.
schütteln, v. a. u. n. to shake.
Schutz, m. protection.
schützen, v. a. to protect.
Schutzort, m. place of shelter.
schwächen, v. a. to weaken.
schwanken, v. n. to stagger, hesitate.
schwarz, a. black, ebon.
schwatzen, v. a. u. n. to talk, chatter.
Schwätzen, n. chattering, gossip.
schweben, v. n. to wave, soar, hover,
    pending.
schweigen, v. n. to be silent.
Schweizer, m. Swiss.
schwemmen, v. a. to water, float.
schwer, a. heavy.
schwerlich, adv. hardly.
Schwert, n. sword.
schwierig, a. hard, unruly.
schwimmen, v. n. to swim.
Schwindel, m. giddiness.
Schwindelgeist, m. giddy spirit, spirit
    of delusion.
schwindeln, v. n. to be dizzy, giddy.
schwindlig, a. giddy.

schwören, v. a. u. n. to swear.
sechs, num. six.
Secretär, m. secretary.
secundiren, v. n. to second.
See, f. sea, lake.
Seele, f. soul.
segeln, v. n. to sail.
Segen, m. blessing.
sehen, v. a. u. n. to see, perceive.
sehnen, sich, v. refl. to long after.
sehr, adv. very.
Seifenblase, f. soap-bubble.
Seifensieder, m. soap-boiler.
sein, pron. his.
Sein, n. being, existence.
sein, v. n. to be.
seinige, pron. his; his own.
seinetwillen, adv. for his sake.
seit, adv. u. prep. since.
Seite, f. side.
Seitenweg, m. bye-path.
seitwärts, adv. sideways, aside.
selbst, pron. self; —, adv. even.
selig, a. happy, blessed.
selten adv. seldom, rarely.
senden, v. a., to send.
sengen, v. a. to singe.
senken, sich, v. refl. to sink.
Sessel, m. chair, stool.
setzen, v. a. to set, place; sich —, v.
    refl., to sit down, put.
sich, pron. oneself.
sicher, a. safe, sure.
Sicherheit, f. safety.
sichern, v. a. to secure.
sichtbar, a. visible.
sieben, num. seven.
Sieg, m. victory.
Sieger, m. conqueror.
Siegesgöttin, f. goddess of victory.
Siegeszeichen, n. sign of victory,
Signal, n. signal.   [trophy.
singen, v. a. u. n. to sing.
sinken, v. a. to sink.
Sinn, m. sense, mind.
sinnen, v. n. to meditate, think upon;
    gesinnt, p. a. inclined, disposed.
sinnend, p. a. thoughtful.
Sitte, f. custom, habit.
sittsam, a. modest.
sitzen, v. n. to sit.
so, adv. so, thus, as.
sobald, adv. as soon as.
Söffer, m. drinker.

ſogar, adv. even.
ſogleich, adv. immediately, directly.
Sohle, f. sole.
Sohn, m. son.
Soldat, m. soldier.
Soldatenlied, n. soldier's song.
Soldatenmarſch, m. soldier's march.
ſollen, v. n. to owe; to be obliged, shall!
ſonderbar, a. singular, peculiar, strange, odd.
ſondern, v. a. to separate.
ſondern, conj. but.
Sonne, f. sun.
Sonnenfinſterniß, f. eclipse of the sun.
Sonnenpferd, n. horse of the sun.
Sonnenſtrahl, m. sunbeam.
ſonntäglich, a. u. adv. every Sunday.
ſonſt, adv. else, otherwise, at other times formerly.
Sorge, f. care, anxiety.
ſorgen, v. n. to care, provide.
Sorgfalt, f. care.
ſorgfältig, a. careful.
ſorglich, a. anxious, uneasy.
Sorglichkeit, f. care.   [gap.
Spalte, f. Spalt, m. slit, cleft, rift,
ſpalten, v. a. to divide; ſich —, v. refl. to disunite, divide.
Spanien, geogr. Spain.
Spanier, m. Spaniard.
ſpaniſch, a. Spanish.
ſpannen, v. a. to stretch, to span; die Armbruſt —, to bend the crossbow.
Spaß, m. amusement, joke.
ſpaßen, v. n. to joke.
ſpät, a. late.
Spaßenkopf, ſt. Sperlingskopf, m. sparrow-head, blockhead.
ſpazieren, v. n. to walk, to take a walk.
Speckſeite, f. side of bacon.
Speer, m. spear, lance.
Speiſekammer, f. larder.
Spiegel, m. looking-glass, mirror.
ſpielen, v. a. u. n. to play.
Spion, m. spy.
Spinne, f., spider.
Spitze, f. top, point.
ſplendid, a. splendid.
ſpotten, v. a. u. n. to mock, scoff,
ſprechen, v. a. u. n. to speak. [banter.
ſprengen, v. a. to spring, blow up, break.

ſpringen, v. n. to spring, crack, burst.
Springinsfeld, m. romp, hoyden.
Sprung, m. spring, leap, bound.
ſpüren, v. a. u. n. to trace, track, perceive.
Staat, m. state.
Staatseinrichtung, f. arrangement, system, structure of a state.
Staatsgeſchäft, n. state affair.
Staatsſache, f. affair of state.
Staatsſecretär, m. secretary of state.
Stab, m. staff (pl. staves.)
Stadt, f. city.   [riding master.
Stallmeiſter, m. master of the horse,
Stamm, m. stem, trunk.
ſtampfen, v. a. to stamp.
Stand, m. condition.
ſtandhaft, a. steady, firm, constant.
Standhaftigkeit, f. steadiness, stability.
ſtänkern, v. n. to meddle, quarrel.
ſtark, a. strong.
ſtärken, v. a. to strengthen.
ſtarr, a. stiff, fixed, staring.
ſtatt, adv. instead of.
Statthalter, m. Stadtholder; governour.
Statthalterſchaft, f. government.
ſtattlich, a. solemn, stately.
Statue, f. statue.
ſtaunen, v. n. to be astonished.
ſtecken, v. a. to stick, put.
Steg, m. small bridge; path.
ſtehen, v. n. to stand.
ſtehlen, v. a. to steal.
ſteif, a. stiff.
ſteigen, v. n. to rise, climb, ascend.
Stein, m. stone.   [—, on the spot.
Stelle, f. place, situation; auf der
ſtellen, v. a. to put, set, place.
ſterben, v. n. to die.
Stern, m. star.
ſtets, adv. always.
ſteuern, v. a. u. n. to steer, check.
ſticken, v. a. to embroider.
Stier, m. bull.
Stiftung, f. foundation.
ſtill, a. still, quiet, silent.
Stille, f. silence, stillness.
ſtillen, v. a. to still, calm.
Stimme, f. voice.
ſtinken, v. n. to stink, smell.
Stirn, f. forehead.
ſtocken, v. n. to stop, stagnate; —der
    Stimme, faltering voice.

stolpern, v. n. to stumble, tumble.
stolz, a. proud.
St. Omer, geogr. St. Omer.
stoßen, v. n. to strike, push, stumble on.
St. Quintin, geogr., St. Quentin.
Strafe, f. punishment.
strafen, v. a. to punish.
straflos, a. without punishment.
Strang, m. rope, cord; — von
Straße, f. street. [Garn, skein.
strecken, v. a. to stretch.
streicheln, v. a. to stroke, caress.
streichen, v. n. to pass, move, wander;
—, v. a. to strike.
Streifschuß, m. grazing shot.
Streit, m. conflict, fight.
streiten, v. n. to fight, contend.
streng, a. severe, strict.
Strenge, f. severity.
Strick, m. cord, line.
stricken, v. n. to knit, net.
Stroh, n. straw; — lumpen, scare-
Strom, m. stream, torrent. [crow.
strömen, v. a. to storm, rush.
Stube, f. room.
Stück, n. piece.
Stuhl, m. chair.
stumpf, a. dull, blunt.
Stunde, f. hour.
Sturm, m. storm; — glocke, alarmbell;
—wind, hurricane.
Sturz, m. sudden fall, plunge.
stürzen, v. n. to fall, rush; —, v.a.
to precipitate, overturn.
Stutzbart, m. moustache.
stutzen, v. a. to crop; —, v. n. to
start, stop.
suchen, v. a. u. n., to search, seek for.
Sühnopfer, n., atonement, expiatory sacrifice.
summen, v. a. u. n., to buzz, hum.
Summe, f., sum.
süß, a. sweet.
Symbol, m., symbol.
Symphonie, f. symphony.
Tabak, m. tobacco.
tadeln, v. a. to blame.
Tafel, f. table.
Tag, m. day.
Tagedieb, m. idler, loiterer.
täglich, adj. daily.
Tapete, f. tapestry.
tapfer, adj. brave.

Tapferkeit, f. bravery.
Tasche, f. pocket.
taub, a. deaf.
taugen, v. n. to be good ob. fit for.
Taugenichts, m. good-for-nothing, fellow.
täuschen, v. a. to delude, deceive.
tausend, num. thousand.
tausendfach, a. u. adv. thousand-fold.
Teppich, m. carpet, tapestry.
Teufel, m. devil.
That, f. deed.
Theil, m., part, portion.
theilen, v. a., to divide, part.
Theilnehmung, f., sympathy.
theuer, a. dear.
Thier, n. beast.
Thor, n. gate.
Thor, m. fool.
Thorheit, f. folly.
thöricht, a. foolish, silly.
Thräne, f. tear.
Thron, m. throne.
thun, v. a. to do.
Thür, f. door.
Thurm, m. tower.
Thürschwelle, f. doorstep, threshold.
tief, a. deep.
Tiefe f. depth, abyss.
tilgen, v. a. to efface.
Tisch, m. table.
Tochter, f. daughter.
Tod, m. death.
Todeskrampf, m. convulsion of death.
Todesschmerz, m. agony of death.
Todesschweiß, m. cold sweat of death.
Todesstrafe, f. punishment of death, capital punishment.
Todesurtheil, n. sentence of death.
todt, adj. dead.
tödten, v. a. to kill.
Todtengewölbe, n. sepulchral vault.
tödtlich, a. mortal, deadly.
toll, a. mad.
Tollkühnheit, f. foolhardiness.
Ton, m. sound, tone, tune.
träge, a. inert, sluggish.
tragen, v. a. to carry, bear, wear.
traktiren, v. a. to treat.
trauen, v. n. to trust, confide in.
Traum, m. dream.
träumen, v. a, n. u. imp., to dream;
es träumte mir, I dreamed.
treffen, v. a. to hit.

Treffer, m. prize.
trefflich, a. excellent.
treiben, v. a. to drive.
rennen, v. a. to separate.
Trennung, f. separation.
Treppe, f. staircase, stairs.
treten, v. a. u. n. to step, tread;
auf—, to enter; ab—, to resign.
treu, a. true; —herzig, true hearted.
Treue, f. truth, fidelity.
Treulosigkeit, f. faithlessness.
triftig, a. substantial, valid.
trinken, v. a. to drink.
Tritt, m. step.
Trommel, f. drum.
Trompete, f. trumpet.
Tropf, m. simpleton, ninny.
Tropfen, m. drop.
Trost, m. consolation.
trösten, v. a. to console.
trotzig, a. daring, defying.
trübe, a. troubled, obscured, gloomy.
Trunkenheit, f. intoxication.
truppweise, adv. in troops.
tüchtig, a. skilful, good.
tückisch, a. malignant.
Tuch, n. cloth.
Tumult, m. tumult.
Tyrann, m. tyrant.
Tyrannei, f. tyranny.   [(over).
tyrannisiren, v. a. u. n. to tyrannise
Uebel, n. ill, injury.
übel, a. evil, ill; —, adv. badly; es ist
mir —, I am ill; —nehmen, to take
ill, take offence (at).
üben, v. a. to practise, exercise.
Uebung, f. practice.
über, prep. over, above, beyond,
across, at, about.
überall, adv. everywhere.
Ueberbringer, m. deliverer, bearer.
überdies, prep. besides this.
übereinander, adv. one upon another.
übereilen, v. a. to overtake; — v. n.,
to overhurry.
übereilt, p. a. hurried, precipitate.
übergeben, v, a. to surrender, give up.
überhäufen, v. a. to overload, overwhelm.   [to listen to.
überhorchen, v. a. not to hear, not
überkommen, v. a. to get, receive.
überlassen, v. a. to leave, relinquish,
give over.

überlaufen, v. a. u. n. to run over, overflow, overcome.
überleben, v. a. to survive.
überlegen, v. a. to consider of, meditate.
Ueberlegung, f. deliberation.   [force.
Uebermacht, f. superiority, superior
übermorgen, adv. the day after
to-morrow.   [gaiety.
Uebermuth, m. haughtiness, pride;
überraschen, v. a. to take by surprise.
überreden, v. a. to persuade.
Ueberredung, f. persuasion.
überschwemmen, v. a. to overflow,
inundate.
überstehen, v. a. to surmount, over-
übersteigen, v. a. to overstep. [come.
übertragen, v. a. to transfer, assign to.
übertrieben, p. a. excessive, exaggerated.
überwinden, v. a. to subdue, conquer.
Ueberwinder, m. conqueror.
überziehen, v. a. to draw over, to cover.
überzeugen, v. a. to convince.
Ueberzeugung, f. conviction, certainty.
übrig, a. remaining; das —e, the
Uhr, f. clock, hour.   [remainder.
um, prep. around, about, for; — des
Besitzthums willen, for the sake of
the property; —, conj. for, in
order to; —, adv. about.
umarmen, v. a. to embrace.
umfassen, v. a. to comprehend, comprise.
umfließen, v. n. to flow round.
Umgang, m. intercourse.
umgeben, v. a. to surround.
umgehen, v. a. to elude.
umhängen, v. a. to hang round.
umhertreiben, v. a. to drive about.
umkehren, v. n. to turn round, return.
umkommen, v. n. to die, perish.
umliegend, p. a. surrounding.
umreißen, v. a. to tear down.
umringen, v. a. to surround, en-
compass.
umsehen, sich, v. refl. to look round.
umsonst, adv. in vain, to no purpose.
Umstand, m. circumstance.
umständlich, adj. circumstantial.
umstellen, v. u. to surround, beset.
Umweg, m. round-about way, bye-way
umwinden, v. a. to wind about, twist
round.
unachtsam, a. careless, inattentive.
unaufhaltsam, a. incessant, uncon-
trolable.

unauslöschlich, adj., inextinguishable.
unbändig, adj., unbridled, unruly.
unbedeutend, adj., unimportant.
unbedingt, adj. unconditional.
unbekannt, adj., unknown.
unbelohnt p. a., unrewarded.
unbeschränkt, p. a., unlimited, unbounded.
unbesonnen, adj.. thoughtless, impru-
unbesorgt, adj., without care. [dent.
unbestimmt, p. a., undecided.
unbeweglich, adj., immoveable.
unbewußt, adj., unknown.
unbezwinglich, adj., insuperable, in-
und, conj., and. [vincible.
undankbar, adj., ungrateful.
Undankbarkeit, f., ingratitude.
undeutlich, adj., indistinct.
Uneigennuß, m., unselfishness.
uneins, adv., at variance. [ling.
unempfindlich, adj., insensible, unfee-
unerfleht, adj., unsolicited, unasked.
unermüdet, adj., untired, indefatigable.
unerwartet, adj.. unexpected.
unfreundlich, adj., unfriendly, unkind.
ungebeten, adj., unsolicited.
Ungebuld, f., impatience.
ungebuldig, adj., impatient.
ungefähr, adv., about, nearly.
ungehindert, adj.. without hindrance.
ungeheuer, adj.. monstrous.
Ungeheuer, n., monster.
ungerecht, adj., unjust.
Ungerechtigkeit f., injustice.
ungern, adv., unwillingly.
ungewaschen, adj., unwashed, abusive, slanderous.
ungewiß, adj., uncertain.
ungewohnt, adj., unaccustomed.
Ungezogenheit, f., ill-behaviour.
unglaublich, adj., incredible.
ungleich, adv., unequally.
Unglück, n., misfortune, misery.
unglücklich, adj., unhappy.
unglückselig, adj., miserable, unhappy.
Unheil, n., mischief, evil.
unflug, adj., impudent, foolish.
Unkosten, pl., cost, expenses.
unleiblich, adj., intolerable.
unmännlich, adj., unmanly.
unmöglich, adj., impossible.
Unmuth, m. dejection, sadness, anger.
unrecht, adj. wrong, incorrect. [wrong.
Unrecht, n. wrong; — haben, to be

unrein, adj. unclean, impure.
Unruhe, f. inquietude, disturbance.
unruhig, adj. unquiet.
unruhvoll, adj. unquiet.
unfäglich, adj. unspeakable.
unschlüffig, adj. undetermined.
Unschuld, f. innocence.
unschuldig, adj. innocent.
unselig, adj. unhappy.
unser, pron. our.
unsicher, adj. insecure, unsafe.
unsichtbar, adj. invisible.
Unsinn, m. nonsense, folly.
unsrig, adj. our.
unten, adv. beneath, below.
unter, prep. under, among.
unterbrechen, v. a. to interrupt.
unterdessen, adv. in the mean time.
unterdrücken, v. a. to oppress.
untergehen, v. n. to go down, perish,
be ruined.
untergraben, v. a. to undermine, sap.
unterhalten, v. a. to maintain, entertain.
Unterhaltung, f. entertainment.
unterjochen, v. a. to subjugate.
unterkriegen, v.a.to creep under. [taking.
Unternehmen, n. enterprise, under-
unterrichten, v. a. to teach, instruct.
unterschreiben, v. a. to sign.
unterstehen, fich, v. refl. to dare, venture, presume.
untersuchen, v. a. to investigate.
Untersuchung, f. investigation.
unterthan, adj. subject, dependant.
Unterthan, m. subject.
unterthänig, adj. subject.
unterwegs, adv. on the way.
unterwerfen, v. a. to submit, subdue.
unüberwindlich, adj. invincible, insuperable.
unverändert, adj. unchanged.
unvermeidlich, adj. inevitable, unavoi-
Unvermögen, n. inability. [dable.
Unverschämtheit, f. impudence.
unversehens, adv. unawares, unex-
pectedly.
unverständig, adj. foolish, indiscreet.
unverwandt, adj. fixed.
unvorsichtig, adj. imprudent, incau-
Unweisheit, f. folly. [tious.
unwiderstehlich adj. irresistible.
unwiederbringlich, adj. irrecoverable,
irretrievable.

unwillig, a. indignant, angry.
unwürdig, a. unworthy.
unzeitig, a. untimely.
unzertrennlich a. inseparable.
Unzuverlässigkeit, f. uncertainty.
uralt, a. very old.
Ursache, f. cause.
Urtheil, n. judgment, sentence.
Vater, m. father.
Vaterland, n. fatherland, native [country.
verabscheuen, v. a. to abhor.
verabschieden, v. a. to dismiss.
verachten, v. a. to despise.
Verachtung, f. contempt.
verächtlich, a. despicable, con- [temptible.
verändern, v. a. to alter.
Veränderung, f. alteration.
Verantwortung, f. responsibility.
verbergen, v. a. to hide, conceal.
verbessern, v. a. to improve.
verbieten, v. a. to forbid.
verbinden, v. a. to bind, tie up, unite,
Verbindung, f. connexion. [join.
verbitten, v. a. to refuse.
Verblendung, f. blindness, infatuation.
Verbrechen, n. crime.
Verbrecher, m. criminal.
verbreiten, v. a. to spread.
verbrennen, v. a. to burn.
verbünden, v. a. to ally.
Verdacht, m. suspicion.
verdächtig, a. suspected, suspicious.
verdammen, v. a. to condemn, doom.
verdauen, v. a. to digest.
verdenken, v. a. to find fault with.
verderben, v. n. to spoil, perish; —, v. a. to ruin, destroy.
Verderben, n. destruction.
verderblich, a. destructive.
verdienen, v. a. to gain, earn, deserve.
Verdienst, n. merit, desert.
verdient, a. meritorious, merited; sich — machen, to have merit, to deserve well (of). [plant.
verdrängen, v. a. to push away, sup-
verdrießen, v. a. u. impers., to grieve, fret, trouble.
verdrießlich, a. cross, fretful, moody.
verdrücken. v. a. st. wegdrücken, to push, drive away, dislodge. [trouble.
Verdruß, m. vexation, annoyance,
verehren, v. a. to honour, respect.
vereinigen, v. a. u. refl., to unite, join, combine.

vereint, p. a. united.
verfahren, v. n. to deal, proceed, act.
Verfassung, f. composition, constitution.
verfehlen, v. a. u. n. to miss, mistake.
verfluchen, v. a. to curse.
verführen, v. a. to seduce.
vergangen, a. gone, past.
vergeben, v. a. to forgive.
vergebens, adv. in vain.
vergeblich, a. u. adv., in vain, useless.
vergehen, v. n. to pass away.
vergessen, v. a. to forget.
vergleichen, v. a. to make even, com- [pare.
Vergnügen, n. pleasure.
Verhaft, m. imprisonment, arrest.
Verhältniß, n. relation, situation.
verhaßt, a. hated, odious, hateful.
verheeren, v. a. to destroy, desolate.
verheimlichen, v. a. to conceal, hush up.
verhindern, v. a. to hinder, prevent.
verhören, v. a. to hear, try; to hear false.
verjagen, v. a. to hunt away.
verkennen, v. a. to mistake.
verklagen, v. a. to bring an action against, to accuse.
verkleiden, v. a. to cover, disguise.
verknüpfen, v. a. to unite.
verkürzen, v. a. to shorten.
verlangen, v. a. to demand, desire.
verlassen, v. a. to leave, abandon.
Verlaub, m. leave.
verlaufen, v. a. to deny, disown.
verläugnen, v. a. to scatter, disperse.
verläumden, v. a. to calumniate.
verläumderisch, a. slanderous.
verliebt, a. in love.
verlieren, v. a. to lose.
Verlust, m. loss.
vermehren, v. a. to increase.
vermeiden, v. a. to avoid.
vermischen, v. a. to intermix, mingle.
vermögen, v. a. to be able; to have
Vermögen, n. property. [influence.
vermögend, a. able.
vermuthen, v. a. to suppose, expect.
Vermuthung, f. suspicion. [learn.
vernehmen, v. a. to perceive, hear,
vernichten, v. a. to destroy, exter-
Vernichtung, f. destruction. [minate.
Vernunft, f. reason.
vernünftig, a. sensible, reasonable.
verpflichten, v. a. to bind by duty, to engage, oblige.

verrathen, v. a. to betray.
Verräther, m. traitor.
verrätherisch, a. treacherous.
verrennen, v. a. to bar, cut off.
verrückt, a. mad.
versagen, v. a. to deny, refuse.
versammeln, v. a. u. refl., to assemble.
Versammlung, f. meeting, assembly.
versäumen, v. a. to neglect, slight.
Versäumniß, f. u. n. neglect.
verschaffen, v. a. to contrive, procure.
verscherzen, v. a. to jest, play away; to lose by one's own fault.
verscheuchen, v. a. to scare, frighten away.
verschieben, v. a. to defer, displace.
verschieden, a. different, various, sundry.
verschießen, v. a. to shoot away.
verschließen, v. a. to shut up.
verschlingen, v. a to devour.
verschlossen, p. a. shut; reserved.
verschmachten, v. n, to languish, pine away.
verschmähen, v. a. to disdain, despise.
verschonen, v. a. to spare.
verschulden, v. a. to involve in debts to be guilty (of).
verschütten, v. a. to spill, shed, overturn. [secret.
verschweigen, v. a. to conceal, keep
verschwinden, v. n. to vanish, disappear. [spire.
verschwören, v. a. to forswear, con-
Verschwörung, f. conspiracy.
versehen, v. a. to provide (with).
versenken, v. a. to sink. [to reply.
versetzen, v. a. to misplace; —, v. n.
versichern, v. a. to assure, secure.
Versicherung, f. assurance.
versinken, v. n. to sink down.
versöhnen, v. a. to reconcile.
versorgen, v. a. to provide for, take care of.
versperren, v. a. to bar, barricade, stop.
versprechen, v. a. to promise.
Verstand, m. understanding.
verständig, a. intelligent, sensible, judicious.
verstärken, v. a. to strengthen, fortify.
verstecken, v. a. to hide.
verstehen, v. a. to understand.
verstellen, v. a. to disguise; sich —, v. refl. to dissemble.

Versuch, m. attempt, trial.
versuchen, v. a. to try.
vertauschen, v. a. to exchange.
vertheidigen, v. a. to defend.
vertheilen, v. a. to distribute.
vertragen, v. a. to bear, suffer.
vertrauen, v. n. to trust, confide (in); —, v. a. to trust. [familiar.
vertraut, a. intimate, confidential,
vertreiben, v. a. to drive away.
verurtheilen, v. a. to condemn.
verwahren, v. a. to guard, secure.
verwandeln, v. a. to alter, change.
verwandt, a. related, kin; —e, m. relation.
verwarnen, v. a. to warn, caution.
verwegen, a. audacious, bold.
verweilen, v. n. to abide, stay.
verwerfen, v. a. to reject.
verwickeln, v. a. to entangle.
Verwilligung, f. consent.
Verwirrung, f. confusion, disturbance.
verworfen, p. a. abandoned.
verworren, p. a. confused, intricate.
verwunden, v. a. to wound.
verwundern, v. a. to astonish, surprise; —, v. refl. to wonder at.
verwüsten, v. a. to lay waste, devas-
Verwüstung, f. devastation. [tate.
verzehren, v. a. to consume.
verzeihen, v. a. to pardon, forgive.
verzerren, v. a. to distort.
verziehen, v. n. to delay, tarry; —, v. a. to withdraw.
verzögern, v. a. to retard, put off, procrastinate.
verzweifeln, v. n. to despair.
Verzweiflung, f. despair.
Vetter, m. cousin.
veriren, v. a. to vex, trouble, tease.
viel, a. u. adv., much; —e, pl. many.
vielleicht, adv. perhaps, perchance.
vielmehr, adv. more, much more; —, conj., rather.
vier, num., four.
Viertelstunde, f. quarter of an hour.
viertheilen, v. a. to quarter.
vierzehn, num., fourteen.
vivat, interj., hurrah, huzzah!
Vließ, n. fleece.
Vogel, m. bird.
Vogelscheu, m. scarecrow.
Vogelsteller, m. fowler, birdcatcher.

Volk, n. people.
vollführen, v. a. to execute, accomplish.
völlig, a. complete. [plish.
vollkommen, a. complete, full, entire.
vollziehen, v. a. to accomplish.
von, prep. of, from, by.
vor, prep. before; — allen Dingen, above all things; —Jahrhunderten, centuries ago.
voran, adv. before, first. [ceed.
vorangehen, v. n. to go before, proceed.
voraus, adv. before; im —, in advance, beforehand.
vorbei, adv. over, past, by.
vorbeifahren, v. n. to pass by.
vorbeireiten, v. a. u. n. to ride by.
Vorbild, n. pattern, type, emblem.
Vorbote, m. forerunner, harbinger.
Vordertheil, m. u. n. fore-part.
vordringen, v. n. to push on, advance.
voreilig, a. overhasty.
Vorfahr, m. predecessor; —en, pl. ancestors.
vorfallen, v. n. to happen, take place.
vorgängig, a. previous, preliminary.
vorgehen, v. n. to go before; to happen.
Vorgeschmack, m. fore-taste. [happen.
vorgreifen, v. n. to forestall, anticipate.
vorhaben, v. a. to design, intend, purpose.
Vorhang, m. curtain. [purpose.
vorig, a. former, preceeding.
vorlangen, v. a. to reach forth.
vorlegen, v. a. to put before, show, produce.
vorlügen, v. a. to tell lies to.
vornehmen, v. a. to take in hand; —, v. n. to intend.
Vorrecht, n. prerogative, privilege.
Vorsaal, m. entrance hall, anteroom.
Vorschlag, m. proposition.
vorschützen, v. a. to hold out, use as a defence; to pretend.
vorsehen, v. n. to look before, be on one's guard, take care.
Vorsicht, f. prudence, foresight.
Vorsitzer, m. president.
vorstellen, v. a. to place before; sich —, v. refl. to imagine.
Vortheil, m. advantage, profit.
vortragen, v. a. to carry, bear before, represent.
vortreten, v. n. to step forward.
Vorwand, m. pretence, pretext.
vorwärts, adv. forwards.

Vorwurf, m. reproach.
vorziehen, v. a. to draw forward, prefer.
Wache, f. guard, watch. [prefer.
wachen, v. n. to be awake, watch.
wachsen, v. n. to grow, increase.
Wachsthum, m. u. n. growth, increase.
wacker, a. vigorous, brave.
Waffe, f. weapon, arms.
Wagen, m. car, carriage.
wagen, v. a. to venture, dare, hazard.
wägen, v. a. to balance, weigh.
Wahl, f. choice.
wählen, v. a. to choose, elect.
wähnen, v. n. to fancy, believe, presume.
Wahnsinn, m. madness, folly. [sume.
wahnsinnig, a. mad, raving.
wähnen, v. n. to think, imagine, fancy, believe.
wahr, a. true.
wahren, v. a. to take care of.
wahrlich, adv. truly.
wahrscheinlich, a. probable, likely.
Wald, m. forest, wood.
Wall, m. rampart, wall.
wallen, v. n. to boil up, to be in agitation.
wälsch, a. foreign; French; Italian.
walten, v. n. to rule, govern.
Wamms, n. jacket, jerkin.
Wand, f. wall.
wandeln, v. n. to go, walk, wander.
wandern, to wander, travel.
Wankelmuth, m. fickleness, inconstancy.
wanken, v. n. to shake, waver.
Wanst, m. belly.
warnen, v. a. to warn.
Warnung, f. warning.
warten, v. n. to wait.
warum, adv. why.
was, pron. what.
Wasser, n. water.
wechseln, v. a. to exchange, vary.
wecken, v. a. to wake, awake.
weder, conj. neither; — ... noch, neither ... nor ...
Weg, m. way, road.
weg, adv. away, off, gone.
wegbaden, v. a. to bathe away, off.
weggeben, v. a. to give away.
weggehen, v. n. to go away.
weglenken, v. a. to turn away.
wegschneiden, v. a. to cut away.
wegtilgen, v. a. to destroy.

*

wegweisen, v. a. to send away.

Weh, n. woe; — thun, to cause grief, O —, alas!

wehen, v. n. to wave.

wehren, v. a. to hinder, prevent.

wehrlos, a. weaponless.

Weib, n. woman, wife.

Weibergüte, f. womanly kindness.

weich, a. soft, tender. [retire.

weichen, v. n. to give way, yield,

Weide, f. pasture, pasturage.

Weigern, n. refusal.

Weihe, f. inauguration.

weihen, v. a. to consecrate.

weil, conj., because. [time.

Weile, f. time; eine —, a short

Wein, m. wine.

weinen, v. n. to weep, cry.

Weinstein, m. tartar (chem.), lees.

weise, a. wise.

Weise, m. wise man. [lody.

Weise, f. mode, manner, way; me-weisen, v. a. to show, point out,

weiß, a. white. [direct.

weit, a. far, wide.

Welt, f. world.

weltlich, a. worldly.

wenden, v. a. to turn; sich —, v. refl., to address oneself to.

wenig, a. u. adv. little, few.

wenigstens, adv., at least., at any rate.

wenn, adv. when; —, conj. if; when.

wer, pron., who, whoever.

werden, v. n. to become, to be.

werfen, v. a. to throw.

Werk, n. work.

Werktag, m. work-day.

Werkzeug, n. instrument, tool.

Werth, m. worth, value.

werth, a. worth; einen — und lieb halten, to love one dearly.

Wesen, n. existence; being, creature; heftiges —, impetuous nature.

Wespe, f. wasp.

Wette, f. wager.

wetten, v. a. u. n. to bet, wager.

wetteifern, v. n. to contend.

wichtig, a. important.

wickeln, v. a. to wind, wrap up.

wider, prep., against.

widerlich, a. repugnant.

Widersacher, m. adversary, opponent.

widersetzen, sich, v. refl., to resist, oppose.

widersprechen, v. n. to gainsay, contradict, oppose.

Widerspruch, m. contradiction.

Widerstand, m. opposition.

widerstehen, v. n. to resist, oppose.

widmen, v. a. to dedicate, devote.

widrig, a. contrary, disgusting, revolting.

wie, adv. how; as; —, conj. when, as.

wieder, adv. again.

wiederholen, v. a. to retreat.

Wiederholung, f. repetition.

wiederkehren, v. n. to return, recur.

wiedersehen, v. a. to see again.

wiegen, v. a. to move, rock (a cradle); —, v. n. to weigh.

Wiese, f. meadow.

Wilhelm, pr. n. William.

Wille, m. will, purpose; wider —n, against one's will.

willig, adj. willing, voluntary.

willkommen, a. u. adv. welcome.

Willkühr, f. free-will, choice.

willkührlich, a. arbitrary; spontaneous.

Windhauch, m. breath of wind.

Wink, m. beckoning, sign.

Winkel, m. angle, corner.

winken, v. n. to nod, beckon, to make a sign.

winseln, v. n. to whimper, whine.

Wipfel, m. top.

wirken, v. a. u. n. to work, produce; to do, effect.

wirklich, a. actual, real.

Wirkung, f. operation, action.

Wirthstochter, f. daughter of the host, of the landlord.

wissen, v. a. u. n. to know.

wittern, v. o. to smell, scent.

Wittwe, f. widow.

wo, adv. where.

Woche, f. week.

Wochenkind, n. new-born child.

Woge, f. billow, wave.

woher, a. whence.

wohin, adv. wither, to what place.

wohinaus, adv. whither.

wohl, adv. well; perhaps, probably.

Wohl, n. welfare, good; Ihre Majestät —, here's to your majesty.

wohlgemeint, a. well-meant.

Wohlthat, f. good action, benefit.

Wohlwollen, n. good-will.

wohlwollend, a. well-wishing.

wohnen, v. n. to lodge.

Wohnung, f. lodging, dwelling.

wölben, v. a. to vault, arch.
Wolf, m. wolf.
Wolke, f. cloud.
wollen, v. n. to will, wish.
worauf, adv. whereon.
Wort, n. word.
wozu, adv. whereto, wherefore.
Wunde, f. wound.
Wunder, n. wonder, miracle.
wunderlich, a. wonderful, strange.
wundern, v. a., impers. u. refl., to wonder, be astonished at.
Wunsch, m. wish.
wünschen, v. a. to wish, desire.
Würde, f. dignity, honour.
Würfel, m. die (pl. dice).
würfeln, v. n. to dice, play at dice.
Wurm, m. worm.
Würze, f. seasoning.
Wurzel, f. root.
Wuth, f. rage, fury.
wüthen, v. n., to rage.
Ypern, geogr., Ypres.
zaghaft, a. timid.
zäh, a. tough, sticky.
zahlen, v. a. to pay, count.
zahlreich, a. numerous.
zahm, a. tame.
Zahn, m. tooth.
zärtlich, adj. gentle, soft, tender.
zaudern, v. n. to loiter, tarry, delay.
Zeche, f. costs (pl.); die — bezahlen, to pay the bill.
Zeichen, n. sign.; zum —, as a sign.
zeigen, v. a. to show, point out, display.
Zeiger, m. pointer, hand (of a clock).
Zeit, f. time; bei —en. in time, betimes.
Zeitfolge, f. succession of time.
zeither, adv. since, hitherto.
zeitig, a. early; —, adv., early, betimes.
Zeitung, f. journal, newspaper.
Zeitvertreib, m. amusement, diversion.
zerknirschen, v. a. to crush.
zerreißen, v. a. to rend asunder, tear in pieces.
zerrütten, v. a. to disturb, disorder.
zerschlagen, v. a. to break to pieces.
zerschmettern, v. a. to shiver to pieces, break to pieces.
zerstören, v. a. to destroy.
zerstreuen, v. a. to disperse, scatter.

Zerstreuung, f. confusion, distraction.
zertreten, v.a. to crush, tread under foot.
zertrümmern, v. a. to destroy, shatter.
ziehen, v. a. to draw, march.
Ziel, n. limit, mark.
ziemen, v. impers., to become, suit.
Zierde, f. decoration, ornament.
Zigeuner, m. gipsy.
Zimmer, f. chamber.
Zimmermann, m. carpenter,
zittern, v. n. to tremble.
zögern, v. n. to tarry, delay, hesitate.
Zoll, m. toll, duty.
zu, prep. at, by, to.
zubereiten, v. a. to prepare.
zubringen, v. a. to bring to; to spend, pass.
züchtig, a. discreet, chaste, modest.
Zuchtmeister, m. taskmaster.
zucken, v. n. to move, stir; die Achseln —, to shrug the shoulders.
zuerst, adv. at first.
Zufall, m. accident.
zufördern, v. a. to forward to.
zufrieden, a. content, contented.
Zufriedenheit, f. content, satisfaction.
Zug, m. pull; procession; move (at chess); feature (of the face).
Zugang, m. approach, access.
zugehen, v. n. to go on.
Zügel, m. rein, reins, bridle.
zugleich, adv. at the same time.
zugreifen, v. n. to take hold of, seize.
zuhören, v. n. to attend, listen to.
Zuhörer, m. hearer, listener.
zukommen, v. n. to come to, belong to, be fit, be suitable.
Zukunft, f. future.
zuletzt, adv. at last, finally.
Zunft, f. city company, society guild, corporation.
Zunftmeister, m. master of the guild.
Zunge, f. tongue. [balance).
Zünglein, n. little tongue (of the
zurecht, adv. aright; — rücken, to bring into the right position.
zureiten, v. n. to break in.
zürnen, v. n. to be angry.
zurollen, v. a. to roll to.
zurück, adv. back, backwards.
zurückhalten, v. a. to restrain, hold back, repress. [distant.
zurückhaltend, a. reserved, close,
zurückkehren, v. n. to return.

zurückrufen, v. a. to call back.

zurücktreten, v. n. to step back, retire.

zusammen, adv. together.

zusammenbringen, v. a. to bring ob. get together.

zusammenfesseln, v.a. to chain together.

zusammenhalten, v. a. to hold ob. keep together.

Zusammenkunft, f. meeting, interview.

zusammenkünsteln, v. a. to get together with skill.

zusammenlegen, v. a. to lay together.

zusammennehmen, v. a. to collect one's thoughts.

zusammenrotten, sich, v. refl., to troop, to collect together, to plot.

zusammentreiben, v.a. to drive together.

zusammenziehen, v.a. to draw together.

zuschreiben, v.a. to write, attribute to.

zusehen, v. n. to look at, on; to connive at.

Zustand, m. condition, situation.

zutrauen, v. a. to give one credit for, impute to, confide, trust.

Zutrauen, n. confidence.

zutraulich, a. confiding.

zuvor, adv. before, in former times.

zuvörderst, adv. in the first place.

zuwälzen, v. a. to roll, move to.

zuwenden, v. a. to turn to, bestow upon.

zuwider, adv. against, opposed to.

zwar, adv. to be sure, indeed.

Zweck, m. aim, object.

zwei, num. two.

zweierlei, a. indecl., of two different [sorts.

Zweifel, m. doubt.

zweifeln, v. n. to doubt.

Zweig, m. branch, twig.

zweite, a. second.

zweitemal, a. second time. [place.

zweitens, adv. secondly, in the second

zwicken, v. a. to pinch, tweak.

zwingen, v. a. to strain, force, compel.

Zwirn, m. thread.

zwischen, prep., between, betwixt.

Zwist, m. dissension, discord.

Druck von Joh. Päßler in Dresden.